· 全民微阅读系列 ·

把命交给你

纪富强　著

江苏凤凰美术出版社
全国百佳图书出版单位

图书在版编目（CIP）数据

把命交给你 / 纪富强著 . -- 南京：江苏凤凰美术
出版社，2018.4
（全民微阅读系列）
ISBN 978-7-5580-3967-6

Ⅰ.①把… Ⅱ.①纪… Ⅲ.①小小说－小说集－中国
－当代 Ⅳ.① I247.82

中国版本图书馆 CIP 数据核字（2018）第 051798 号

责任编辑　曹昌虹
封面设计　宁春江
责任监印　唐　虎

书　　名	把命交给你
著　　者	纪富强
出版发行	江苏凤凰美术出版社（南京市中央路 165 号　邮编：210009）
	北京凤凰千高原文化传播有限公司
出版社网址	http://www.jsmscbs.com.cn
印　　刷	三河市同力彩印有限公司
开　　本	710mm×1000mm　1/16
印　　张	14
版　　次	2018 年 4 月第 1 版　2018 年 4 月第 1 次印刷
标准书号	ISBN 978-7-5580-3967-6
定　　价	39.00 元

营销部电话　　010-64215835-801
江苏凤凰美术出版社图书凡印装错误可向承印厂调换　电话：010-64215835-801

文化自信从读写开始

杨晓敏

近年来，随着互联网技术的不断推广升级，现代信息技术已充斥各行各业。微博、微信、微小说、微电影，各类"微"产品，以网络阅读、手机阅读、电子器阅读、光盘阅读的形式，进入大众视野，但这种碎片化、快餐式的电子阅读，仅仅可以作为传统阅读的一种有效补充与辅助，却不能完全代替传统阅读。

我国经济建设的腾飞，带动并刺激着文化事业的极大进步，而文化软实力的增长，又为经济跨越式发展，提供着强势的智力资本的支持。正是这种强有力的智力资本支持，慢慢建立起我们的民族文化自信。

学习的基本途径就是阅读。一个人的阅读力量，决定个人学习的力量、思考的力量、实践的力量；所有人的阅读力量，决定一个民族文化的力量、精神的力量、创新的力量。伟大的中华民族复兴之梦，要靠全国人民共同来缔造实现。提高全民素质，提升全民文化自信，繁荣民族文化，从阅读开始。

为了提高全民素质，建设书香社会，政府正采取一系列有效举措，营造阅读环境，倡导全民阅读。譬如开展读书日、读书月活动，一些省市地区通过整合全民阅读资源，打造了一批有广泛影响力的全民阅读"书香"品牌，还有些地区成立"农民书屋"，送书下乡，让书香墨香飘进寻常百姓家。

作为近三十年才成长起来的一种新文体，小小说的质朴与单纯，简洁与明朗，加上理性思维与艺术趣味的有机融合，及其本色和感知得到、触摸得着的亲和力，散发出让青少年产生浓郁兴趣的魅力。小小说是一种新文体的再造，那些优秀的小小说作品，是智慧的浓缩和凝聚，是一种机巧的提炼和展开，小小说是训练作家的最好学校。小小说贴近生活，紧扣时代脉搏。大千世界，瞬息万变，小小说能以艺术的形式，不断迅速地反映生活热点，传导社会信息，是开启社会生活的一扇窗口。小小说可以培养青少年的想象力，让他们展开飞翔的翅膀。近些年来，大量小小说编入高考作文，入选各类优秀阅读丛书，正为越来越多的年轻读者所喜爱，显示出它强大而茁壮的生命力。

北京辰麦通太图书有限公司提供的《全民微阅读系列》图书，至今已编辑出版200多册。它以全力助推全民阅读为宗旨，以务实求精的编选作风，为读者精心遴选了大批风格各异的小小说佳作，引领读者步入美好的阅读丛林。

北京辰麦通太图书有限公司有着具有超前市场运作意识的优秀团队，在图书制作过程中，不但追求内容的丰富多彩，在装帧设计方面，也力求超凡脱俗。在众多中国梦新时代文学丛书系列中，它像一朵充满朝气与活力的奇葩，正逐步形成自己恒久的品牌和名牌效应，为提升全民文化自信、实现中华民族伟大复兴，增砖加瓦。

杨晓敏，河南省获嘉县人，生于1956年11月。河南省作家协会副主席、河南省小小说学会会长。曾在西藏高原服役14年。曾任《小小说选刊》《百花园》主编20余年，编刊千余期，著述七部、编纂图书近400卷。

作者简介

纪富强，笔名弗及，山东沂源人。中国公安作家协会会员、山东省作家协会会员、鲁迅文学院高研班学员、沂源县青年作家协会主席，曾在国内多家报刊开设小说及随笔专栏。出版小小说集《乡村凉拌》《假装你爱我》等，出版中短篇小说集《逃马》、长篇小说《致命谦疑》等。作品入选中学生课外阅读教材、高考模拟试卷及多种权威选本等，被翻译成日文、英文，入藏中国现代文学馆。曾获国家冰心儿童图书奖、第六届全国侦探推理小说大赛长篇小说二等奖、新世纪微型小说征文大赛一等奖、齐鲁金盾文化工程长篇小说一等奖等。热门院线电影《快刀与金鱼》《致命奸情》等编剧。

前　言

　　本书辑录了青年作家纪富强近年来最新创作的微型小说中的精品佳作，与以往不同但也特别值得推荐的是，本书中专门收入了其擅长的警察题材小说，这些作品有生活、有情趣、有感悟，曲折离奇，洒脱幽默，感人励志，既源于生活，又高于生活，是作家从警多年精心观察、切身感受、深刻参悟的艺术结晶，曾有多篇被各大文学报刊头条刊发、重磅推介、选摘荐读，也有多篇获奖、收入权威选本、改编成影视剧，为广大读者带来丰富的阅读体验和久久不绝的回味。

目录

第一辑　非常警事

　　警察是和平年代距离各种矛盾冲突与流血牺牲最近的一份职业，公安工作也被行家称为文学创作的富矿，一位有着丰富写作经验的作家，同时又是一位从事多个部门警种的资深警官，笔下的文字充满幽默洒脱和壮怀激烈，带给读者非同一般的震撼。

酒　事

　　明明是写一位嗜酒如命、浑身毛病的警察，读罢却被他感动得一塌糊涂，只记得他的艰辛与付出。不盲目拔高，贴地气的行文，择取现实生活中最典型的细节一剑封喉，或许这就是该作获得当年《百花园》杂志原创作品大奖的原因所在。

　　十年前，也就是我参加工作后的第二年，有一次全局民警开大会，政工科长点到一个人名，人群里突然爆出一阵哄笑，

把命交给你

我立即侧身看去，这才认识了老陈。

老陈当时并不老，顶多四十挂零。可关于老陈的那些段子，着实让我们这些新警察"惊艳"。

老陈的经典故事，大都与酒有关：

那些年，公安机关没有禁酒令。老陈酒量大，没事喜欢眠两盅。有一次，老陈酒后骑着"撇三"，冒大雪从派出所往家赶，到了家门口披着雨衣就趴在车上睡了。第二天媳妇出门扫雪，发现门前堵着一大堆东西，还以为是老陈终于托人把取暖的炭给买回来了，哪知用扫把一划拉才知道，那堆东西根本就不是炭，而是老陈和他的"撇三"。

另一次是过干警日，派出所民警与当地群众搞联欢，没有值班任务的老陈从中午喝到天黑没显醉态，而慰问的村干部却都大醉而归。值班同事纳闷，老陈真没事？一会去后院看看，却见老陈正在和一棵梧桐树较劲。

原来老陈找不到厕所，半道上解开腰带方便。之后将拳头粗的梧桐树扎进了腰里，等到完事要走，梧桐树寸步不让，老陈边挣扎边还发了火："谁也别拉别拽！我说不喝就不喝了，再喝就出洋相了……"

老陈最经典的酒事，发生在十二年前的一个冬夜。那天老陈和同事经过昼夜蹲守，抓住了三个偷牛贼，为群众寻回十多头耕牛。消息传开，大快人心，几个村的群众自发赶来慰问，眼看民警忙完工作月亮都爬上屋脊了，流着热泪非要与老陈他们喝一杯。

那场酒喝的，老陈后来回忆说，直接用上了脸盆。

等到酒终人散，老陈依旧骑着那辆"撒三"往县城赶。可没想到一阵风驰电掣后却迷了路，光在一个转盘处，就折腾了不下二三十趟！

后来老陈干脆将油门加到底，整个人像在风里飞起来，飞着飞着车没有了，路消失了，一切都模糊不清了，仿佛也终于到了家。可等第二天大清早恢复意识时，老陈发现自己仍趴在"撒三"上，而近在咫尺的一块临县界碑上写着一个令他惊掉大牙的地名：此地距派出所足有一百公里远！而且此时"撒三"的右边"雅座"竟不知下落，刚加满的油箱也早空空如也……

有关这些猛料，多年来我一直半信半疑，直到调入宣传科，到老陈所在的派出所采访，才终于得到了证实。

老陈还是那个老陈，除去头发白了，职务、脾气和爱好都没变。不过干起活来，却是个粗中有细的人。忙完工作，华灯初上，不值班的老陈硬是把我留下喝两盅，可结果还没等他找到状态，我已被灌趴在地了。

半夜醒来，我见老陈正独坐床头抽烟，向他借火，竟吓了他一跳。

抽着烟，俩男人的距离自然缩短。

我打趣老陈："您那些陈年酒事，到底有几分真假？"

老陈坦白交待："都是真的，千真万确，就是背景不一样！"

"背景？"我表示疑惑。老陈深吸一口烟，久久不吐，"我这辈子！没文化，没特长，稀里糊涂干了公安这行，可公安是

把命交给你

好干的吗？得舍得，得玩命，得豁出去……"

"年轻时家里穷得揭不开锅，别看抓人时腰里别着枪，可出去照样叫人笑话！后来，半夜抓个偷铁的，我跑在最前头，眼看要抓住了，谁想枪走火把人给崩了……再往后，天天泡在这老山窝，娘们改嫁、老人生病、孩子上学，哪一样我都没管好……"

说到这，老陈沉默了。我感到沮丧。眼前的老陈，再也不像个传说，而是充满了失意和窝囊。可我的眼角，分明不知不觉地潮了。

不久，有了禁酒令。再见老陈，依旧打趣："还喝吗？"老陈五十多岁的人了，干瘦如柴，脸上褶子一大把，笑起来活像泡开的菊花茶："喝！怎么不喝？下了班照喝，一辈子就这么点爱好啦……"

写这篇东西前，最后一次见老陈正值局里开展民警驻村活动，作为随行记者我跟老陈他们进村走访，可镜头盖还没打开，就被人拦住了去路。我走在后面没搞清状况，却见老陈突然撒腿就跑。

原来，村机井里有洗衣孩子落水！

等我扛着摄像机，一路粗喘着跑到机井边时，一群得了救的女孩却正哭得叫人心碎：老陈他一眨眼功夫托上来仨孩子，自己却沉到水底，没了动静……

一分钟，三分钟，五分钟，等待对不会游泳的人来说残忍至极！终于，识水的增援赶到了，可还没等下水，井中猛得射出一阵气泡，穿着警服的老陈横着浮上来了。

众人七手八脚将老陈扒到岸上，百般抢救无效。我悲恸中举起手中的摄像机，老陈却"哇"地一声，吐出一口浑水来！

老陈是被水底硬物勾住了腰带，挣脱不了只能拼命喝水，后来实在喝不动了，钩子竟也莫名其妙的松了。

捡回一条命的老陈，瞪着血红的眼珠子盯着摄像机。我一下反应过来，说："老陈啊，太感人了，有什么你就说几句吧！"

老陈听了就像大醉初醒，口鼻喷沫地朝我吼道："兄弟，咱可是海量啊！"

绝　活

干什么久了都能成"精"，何况是一个在刑侦战线上摸爬滚打了几十年的老刑警……

在局里，我们这些写材料、搞宣传的常被比做偶像派，而那些干抓捕、搞审讯的则属于实力派。

冷教就是这实力派中的实力派。

冷教姓冷，现任刑侦大队教导员。一米八五的身高，虎背熊腰的身板，超强精准的枪法，非比寻常的胆识，天生就是干刑警的料！

冷教自打穿上警服那天，就在刑警队摸爬滚打，一晃三十

把命交给你

年过去，抓人破案无数，积累的经验像浓稠的蜂蜜一样让年轻后生垂涎三尺。

冷教侦破的大案实在太多，这里按下不表，倒是有件小事值得说来听听：

那是个滴水成冰的冬天，冷教下了班站在大队门口等车。因为刑警楼紧靠中心路，街上车水马龙人来人往，冷教正两手叉腰悠闲地左顾右盼，突听近处一阵急刹车声，一个青年连人带车摔翻在路边。

冷教几步上前扶起青年，青年却早已吓得脸色发紫，嘴中求饶似的大喊："冷叔，俺再也不敢了，求求您放俺一马！"

冷教一听，心中暗喜，再看歪倒在地的摩托车，竟然没插钥匙，于是像拎小鸡样将青年抓回刑警队，不费吹灰之力破获数起盗窃摩托车案。

后来，该青年受审时交待，他有不少大哥兄弟先前都被冷教抓过，偌大个县城，特别是他们那条道上的流氓痞子，几乎无人不知冷教的名字，无人逃得过冷教的抓捕。他年龄轻、胆子小、刚出道，当时做了案正心虚，路过刑警队门前偏巧又发现冷教在看自己，不禁浑身乱抖手脚失控，一个趔趄连人带车摔了个四仰八叉！

事后，同事们打趣冷教：以后别坐办公室了，天天站在刑警队门口守株待兔就不愁破不了案。冷教听了不屑一顾，说这事不怨那兔崽子没长眼，怪只怪我自己长得丑，出来一站就能吓唬人！

说到长相，冷教的确个性！冷教浑身粗枝大叶，头阔脸宽，高耳长腮，眉毛粗斜，唯独一双眼睛虽小但盯人时常常暴射精光，让人不寒而栗。可谓赛得关公，又比关公冷上三分。常人即便是同事，也最难见他一笑。

有人说，这都是冷教长期干刑警落下的"病"。别说坏人就是好人让他盯一会儿，心里都冷飕飕得发毛！

其实说到"冷"，冷教长相还在其次，更冷的是他的脾气。

冷教行事向来雷厉风行、快人快语，最恨打官腔、摆架子、搞浮夸，尤其对屡不开窍的后生更是接近于刻薄，甚至不近人情。

有一次省市两级高层领导前来视察，冷教作为破案统帅高度重视，亲自和内勤忙活了一天一夜，把材料准备得精致妥当。不料领导当日姗姗来迟，一不看案卷，二不听汇报，却围着警队厨房、浴室、厕所转了一圈，坐上车就直奔了酒店。

冷教心中郁闷，饭局上杯筹交错，又听领导对警队厕所的卫生表达了遗憾，起因是领导去厕所时扶了一下墙壁，而发现墙缝里有蜘蛛网。轮到冷教敬酒时，有人劝冷教把酒干了，让领导随意。哪知冷教接过话茬说，"厕所才是随意的地方，干刑警的忙起来经常连想随意都得憋着！大家多包涵，我这人没文化，还真不知道打扫厕所卫生跟提着脑袋破案有啥关系！"

一桌人全都呆愣当场。

像这样的事，冷教身上多了去了。或许正因如此，冷教仕途并不顺利。索性冷教并不看重，对他而言，破起大案跟立个大功，抓几个逃犯跟升官发财，他会毫不犹豫地选择前者。

把命交给你

　　用冷教的话说，破大案、抓逃犯，才能让一个刑警感到过瘾！冷教这些看似不近人情的"冷言冷语"和"冷面无私"，却也常常赢得了不少年轻民警的赞叹与崇拜！

　　冷教毕竟年龄大了，最近一次调整分工，领导有意让他常驻郊区训练基地，说过去既可督促基建，也可顺便调养生息，是一种政治待遇。冷教破例笑笑，卷起值班时用的铺盖卷就去了。

　　可去了，接着又回来了。

　　县城新发一起特大绑架案，几天未破，冷教着急上火主动请命，领导爽快答应。

　　冷教出马，果然不同，他带人深入车站、KTV 等人群密集场所，靠着众多眼线深挖线索，很快使案子水落石出，准确锁定了嫌疑人。

　　抓捕在一个午后展开，民警赶到时，狡猾的嫌疑人预感不好，一哄而散逃进了干涸的河床。冷教跳下车赤手空拳追在最前方，眼见对方越逃越远，突然急中生智咬牙大吼："再跑我就开枪毙了你们！"说完分别朝着不同方向，用口舌连弹四声："啪"、"啪"、"啪"、"啪"……

　　说来神奇，四声舌弹在空阔的河床里听来直赛枪响！逃向四方的歹徒闻声相继抱头，一骨碌跌趴在地上。民警随即一拥而上，轻而易举就收拾了这帮虾兵蟹将。

　　这个抓捕过程是不是太离奇了？根本就不适合在新闻报道里渲染。所以，我只能把它如实写进了小说。

　　时到如今我还想说，老天，那一刻，冷教真"冷"（cool）！

良 心

良心不是挂在口头上的说辞，而是关键时刻即使遭受委屈也依然表现出的责任和担当。

世上没有两片相同的叶子。但世上偏偏总发生一些似曾相识的奇事。

那年冬天一个凌晨，老白和队员开车经过居家城市场，由于车速慢，透过车灯，老白远远发现地上散落着大把钞票。

此时，天上正淅沥下着小雪。

而随着小雪飘然落下的，还有一些花花绿绿的钱。

夜巡这么多年，老白算头一次开了眼。天上下雨下雪下冰雹甚至下沙子他都经历过，唯独下钱还是第一次见。

老白下了车，顺着飘钱的方向抬头看，发现头顶高耸的塑钢大棚边角上，正斜搭着一个黑色皮包，钱就是从那里面忽忽悠悠飘落而下的。

老白赶紧安排队员去够包，自己弯腰去地上捡钱。难不成这真是上帝的打赏？不要白不要啊！

可捡着捡着，老白发现情况不对。

钱大都是些毛票，上帝怎么那么吝啬？

而且老白有种强烈的不详预感，问题出在哪儿，一时说不上来，可天那么冷，他愣是冒了一背的冷汗。

把命交给你

等队员把包够到手，地上的钱捡完，仔细一数，总共一千三百五十六块四。

有队员嘴快说："白队，好兆头啊，一三五六四，一天没有事儿。天马上就亮了，咱撤吧？"

"撤？这鬼天，谁不想老婆孩子热炕头？"老白眼盯前方，前方是平时用塑钢大棚挡雨遮阳的菜市场，此时一片死寂黑不隆冬望不到头。"可事儿太蹊跷了，你们以为真是财神爷送钱？"

"有可能！"队员异想天开，"以前电视上还演过刮风下鲤鱼呢！"

老白冷嘲，"那财神爷也忒小气了，看看这些钱，百分之八十都是毛票，还油乎乎脏兮兮的，像他老人家的手笔吗？就给这么点！"

老白说完，上车拿了手电，命令队员和自己继续往大棚深处走。队员们也来了兴致跟上，那架势颇有点阿里巴巴领着众乡亲发现了金山一样。

可他们一直走到尽头，再没有发现半毛钱。一路上也没遇到半个人影儿。

队员失了兴致，冻得哆哆嗦嗦，老白却在往回走时眼珠子仍瞪大着到处撒摸。

终于，老白的预感应验了。他们虽走在同一个大棚下，但因中间有石板隔着，来回走得是两条道儿。返回途中，老白突然用手电指了指左前方地上，问队员："你们看，那是什么？"

队员们不看不要紧，一看汗毛都直起来了——

在那排极低的水泥隔板下面，赫然露出一只脚来，脚上穿着一只沾泥带水的女式皮鞋！

老白和队员虽见过不少伤害现场，可眼前阵势着实令人心惊胆颤。所有人的第一感觉，就是发生了杀人解尸案。

老白和队员赶紧上前察看，事情却出乎意料——腿是完整的腿，人也是完整的人。

等他们齐心合力小心翼翼把人从隔板下拽出来，竟发现那中年妇女还有微弱的呼吸！

救人要紧，他们二话没说就把妇女往急诊送。

然而这一送，却让他们没能在天亮时下岗。妇女的家属赶来后，死活不让走，一口咬定就是他们开车撞的人。

尤其是听医生初步诊断说，妇女很可能成为植物人时，家属闹得更凶，非让老白他们掏钱赔偿。

老白和队员百口难辩，掏出工作证，掏出捡来的皮包和毛票，把过程详细说了一遍又一遍，可对方还是不信。队员要发火，被老白强行按住。原来，老白也看出来了，对方不是不信，而是怕连他们也走了，找不到肇事者，医药费担负不起！

老白虽心里有气，但更恨那个撞人的家伙。经他分析，那人非但没施救，反而撞倒妇女后把她推进隔板下藏了起来。

要不是老白他们发现及时，妇女的命早就没了。

老白想趁着时间还早，去查那嫌疑人，可家属发觉了，硬拉着老白的胳膊就嚎："你还是个警察？你讲讲良心啊！你不能走……"

老白腾地一下也火了："是有人的良心叫狗吃了！我现在去给你们找找，找不回来我顶！"

把命交给你

老白把工作证押下了，带着队员返回市场。怎么都没发现肇事车的残留物。这会儿雪又大了，人车过往繁杂，到哪去找肇事车呢？

要说老白脑子就是转得快，去查监控！那么早的时间，看他往哪儿逃？

等老白和队员分头把几个路段的监控找出来，很快就锁定了一辆崭新的红色三轮摩托车。批菜妇女被当场撞击的场面虽没拍到，但那车驶进大棚后一个黑色皮包被猛然甩出来挂在大棚上，数不清的钞票飘散而落的场景却历历在目！

接下来就好办了，家属看录像认出了肇事者。剩下的就是抓人。

这事儿对老白本也不算什么，可从此以后老白多了个朋友，还多了句口头禅。

朋友，就是那个涕泪横流前来还他工作证的家属，他妻子不幸真成了植物人，可老白坚持隔几个月就去医院看她，顺便甩出那句口头禅来："人得抽空来看看良心……"

过　河

圣人皆有过去，罪者亦有未来。即使低贱如一个小偷，其生命也是有尊严的存在。所以当逃跑变成了溺亡，追捕也就变成了一场悲剧。

随笔随语

马导心里有件窝囊事儿。

这事儿，他揣上就放不下了，头发掉了一把又一把。

马导今年四十八，二十年前退伍后进的乡派出所，基层一干就是这么多年。马导也没什么文化，人长得粗枝大叶，不修边幅，显得很庄户。穿便服的马导，怎么看也不像个吃公家饭的警察。

马导家一直在农村，但在另一个乡镇，不值班时马导经常骑摩托车往二十几里外的家里赶。赶回去干吗？

除了同事们开玩笑说的给老婆"交公粮"，还得回去喂猪。

马导家里，上有病老下有弱小，全靠喂猪攒钱！

何况，马导在部队里就是饲养员，喂猪是老本行。

一个周末的早上，马导不值班准备回家。可所里接到报警电话，辖区一农户家中被盗，丢了两头老母猪。

马导跟所长说，这村子正巧在回家道儿上，我顺便走一趟得了。

所长同意了，这又不是抓捕，看看现场的事儿，马导经验多，正好。

马导换上警服（这点是他的规矩，出警就得穿戴整齐），骑着摩托车就去了。

现场很远，虽说大体方向顺道儿，但走了不少偏路。

来到受害人家中时，猪圈边已经围了不少人。见马导来了，受害人还没开口就哭上了。

马导跟着心酸，他很清楚两头老母猪对眼前这个破家的

把命交给你

价值。

"怎么回事？先别忙着哭，说说情况。"马导迅速进入角色。

"昨儿傍晚还好好的，我亲自锁好的猪圈门，今早上起来一看，俩老母猪都不见了！"受害人说，"我耳朵根子很灵性，可不知道怎么回事，昨晚上一点动静都没听到……"

"最近得罪过人吗？"马导皱着眉问。

"没有，我可是全村出了名的老实！"受害人答。

"好好想想，以前有仇家吗？"

"确实没有，你看我住得这地方，独门独户的，能有什么仇家？"

马导了解到，受害人是多年前逃荒进村落户的，在村里是个外姓，为人还算忠厚，要是有人报复，这么多年也早把他磕碜死了，非得等到今天？

马导没再说话，记录本儿一合，就开始围着猪圈转，里里外外走了三圈，然后开始抬眼盯住围观的人看，边看边往人群中间走。

这时候，人群里有个扛锄头的汉子突然扔下锄头就跑！

马导吼了声："贼娃子，你往哪儿跑！"说着就追了出去。

汉子先跑出二三十米，马导和村民在后面紧追不放。马导边追还边回过头问："你们认识他吗？"村民都喊不认识。

这是好几个村交叉的地界，不认识也算正常。可马导知道，不认识就决不能让他跑了。

越追越近，汉子跑进一片玉米地，等马导飞快地追出玉米地，却发现那人已经跳进了河里。

马导这辈子最大的遗憾就是不会水。别看从小生在农村，可偏偏是个旱鸭子。但马导顾不上了，也跟着跳进河里去。

等马导再一抬头时，忽然发现情况不对！

正是汛期，河水远比他想象的深，前边的汉子虽已到了河中心，但也不会浮水，而且河心水流湍急，汉子被浪头径直卷向了河下游。

眼睁睁看着那人只有头脸露在水面上挣扎，马导急了，冲着身后喊："赶紧的谁会游泳！快去救人……"边喊自己边往河中心奔，刹那间也被河水冲向下游去。

在水里，马导的优势顿时化作了劣势。同样不会游泳，但他体重沉得多，下冲的速度根本赶不上那汉子。

令马导更恼怒的是，他身后没有一个人追上来！

最后，马导被河水冲得头昏眼花，侥幸抱住了一块大石头，才勉强从水里爬了出来。筋疲力尽的马导一上岸就疯了似的往下游跑，结果他看到了自己最不愿意看到的结果——

那汉子像块发了的面包，直挺挺地躺在下游芦苇丛中间。

马导把尸体抱回村里去的时候，村民将他包围得里三层外三层。

村民们七嘴八舌地议论着，可马导跟傻了似的坐在尸体边发呆。最终，人散的差不多了，受害人才战战兢兢凑上来问马导："这就是那个小偷吗？你怎么知道的，为什么？"

把命交给你

马导缓缓抬起头来，眼神涣散地说了俩字："喂猪。"

受害人显然没听明白，又问："为、为什么？"

马导还是那副表情，回答说："喂什么，吃什么……"

受害人害怕了，再不敢多问，快速闪到一边去。

很快，所里的同事赶到了。所长办事利索，迅速叫人查清了死者底细，并从其家中猪圈里起获了丢失的两只猪。

往回走时天黑了，所长在车上问马导："你怎么确定是他干的？"

马导答："半夜弄走两头猪，不是现场杀的又不出大动静，很简单，小偷必定是个养猪的，那人身上有酒糟和鸡粪味。"

所长点点头，"既然是他没错，我们就没冤枉他！"

马导听了，忽然哭出来："可那毕竟是条人命啊，我要是不追他……"

回　报

这年头，开口求人难，但向对其有过救命之恩的人开口，为何仍旧纠结重重？归根结底，人心是有尊严的。

临出门前，老婆出奇得温柔，老齐心里很矛盾。

老婆说："这次就全靠你了，相公！"

老齐起了一脊梁鸡皮疙瘩，边换拖鞋边仓促地回应："哦，我试试！"

老婆又说："见人三分笑，开口多说好，为了我和这个家，你就牺牲一回吧！谁让这事儿这么巧！"

老齐皱了眉："那万一要是不行……"

老婆说："还没去，就说不行？这点事儿，你只要去，就准行。"

老齐还犹豫："那不一定，不是一回事儿。"

老婆嗓门大了："你就放心去吧，按我嘱咐的办，成不成回来我都犒劳你！"

老齐终于穿戴整齐，却还在门口磨蹭。不料老婆上来一个拥抱，外加一记热吻，搞得他晕头转向纠结重重地出了门。

老齐是岷山社区的一名片警。别看平时穿警服进社区，动嘴皮子调解纠纷头头是道，可今天换了一身笔挺的西装，去一个陌生人住的宾馆里做客，竟然无比紧张！

老齐去哪儿？干什么？至于吗？事情，还得从半月前说起——

半月前，县环卫局人事变动和编制调整，决定为一批工作多年的非正式合同工转正，同时解聘剩余不够年限的工人。老齐老婆就差一年，很不幸被 PK 回家。

民警老齐是二婚。老婆从农村出来的，年龄还不大，原本有个班上着感觉挺好，可这下就跟掏了魂儿似的浑身不自在。

再说家里突然少了份收入，叫谁也不舒服。

把命交给你

老婆心情不好，老齐却无能为力。老齐这辈子帮人无数，可自己却有很多事都没办利索。为啥？老齐不愿意求人。感觉穿着警服求人，格外低人一等！

那些天，每到傍晚老齐就陪着老婆去遛弯儿。老婆情绪不对不愿说话，老齐陷入回忆沉思不已，俩人能默默走一两个小时，直到夜深了才回家。

那个周末，他们往家走时已过了十点。街上行人稀落，路边灯火暗淡，倒是有几个池塘里的青蛙，还在不知疲倦地叫唤。

突然，老齐停下不走了。

老婆扭头看，老齐悄悄招招手没说话，另一只手立在耳朵边，专心听着四周。

老婆向来胆小，小声问老齐："咋了？"

老齐说："你听，好像有动静！"

老婆寒毛直立："啥动静？大路边的……"

"像是有人。"说完老齐就往路边草丛里走。老婆却在背后喝住他："你犯什么毛病？我怎么没听见，人家要是谈恋爱的非跟你拼了不行！"

老齐回过头来，一脸紧张："不像是谈恋爱的，像是有事儿！"

老婆问："有事儿早喊救命了，用的着你管？你快给我回来！"

老齐没回来，他很少不听老婆的，可这次是个例外。

老齐把老婆独自晾在大路边，一等就是半个多小时。最后，他背着一个湿漉漉的男人从池塘深处爬了出来。

老婆惊呆了，听老齐说才知道，这人掉进池塘里，幸亏离岸边不远，水正好淹到他下巴沿儿。这人西装革履却浑身酒气，准是喝醉了想到池塘边解手时掉下去的。

这么偏的地方，又是这个点儿，如果不是老齐警醒施救，后果真不堪设想！

老婆见老齐累得够呛，对男人既佩服又心疼，赶紧拨打120急救电话，两人一起把醉汉送进了医院。

这事儿本就这么过去了。可一周后，老齐去派出所开会，老远就看见所玻璃门上糊了一张大红纸，走近一看，是封感谢信，正是那个被救的男人写来的：

"我不知道你是谁，可我知道你是个好人；我不知道你的名字，可我听说你是一名派出所民警；我不是想写封信表达感激的心情，我的心情是无法表达的；我可能也不是你救过的第一个人，但这却是我第一次切身感受到生命的可贵；我现在的命是你给的，我的家庭是你救的，我的未来不管好与坏、成功与失败，我都想找到你、认识你、记住你，希望你能和我一起分享今后的喜悦和收获……"

老齐觉得这人写得挺好，挺有文化的。事后听同事议论才知道，这人还大有来头，竟是刚从外地调过来分管全县文化卫生的年轻的副县长。

老齐一阵唏嘘，没暴露自己。回家无意中说起，老婆嗷一嗓子就尖叫起来："老天爷总算开眼啦！这人不就是解决我工作的大救星吗？真是一报还一报，机不可失！"……

老齐很晚了才回家。

老婆打着瞌睡把他从上到下瞅遍，也没看出个所以然。

老婆问："去了吗？"

老齐答："去了。"

老婆问："说了吗？"

老齐答："说了。"

老婆问："成了吗？"

老齐答："没有。"

老婆问："那你怎么说的？"

老齐答："我先咔敬了一个礼，然后说所长，我老婆下岗在家快憋出病来了，咱社区少个内勤，让她去行吗？所长说，夫妻警务室？很好嘛！"

老婆哭笑不得："我让你找县长，你去找所长？不过，总算是谋了份差事！"

老齐满脸疲倦："啥呀，这些话也是我对着县长住宿宾馆的大衣镜自说自演的，所长家我也没去，都开不了口……"

裸　聊

科技飞速发展，千里外可通过网络实时聊天，然而人的提防和警醒却没有相应提高，甚至会发生令人啼笑皆非的闹剧。

陈队和司机刚要外出，进来个报案的妇女。

陈队赶紧叫个小伙儿，准备给这个披头散发的妇女记材料。

可妇女坚决不干，连哭带喊点名道姓，非要让陈队亲自记。

陈队刚把妇女领进询问室，安慰说有事儿先别急着哭，慢慢说。

哪知妇女不但哭得更凶，而且一把就扯下上衣。

"你们要是抓不住那个天杀的骗子，俺就不活了！"妇女一腚蹲在地上，不管不顾地哭天抢地。

陈队哭笑不得，干这么多年刑警，见过为逃避抓捕主动脱衣服的女嫌疑人，也听说过有用这招撒泼抵赖拒不交代违法犯罪事实的，可报案人这样还真头一遭遇见。

不是神经病吧？

好不容易，几个女民警连说带劝止住了妇女哭声，顺带给她穿戴整齐，梳理了头发。这时大伙儿一看，咦，妇女不但还很年轻，长得也很俊俏。

陈队严肃警告："这是刑警队，想报案就一五一十把事情说清楚，配合我们调查；可要想无理取闹扰乱办公秩序也很方便，屋子里全程开着监控，而且隔壁就是审讯室……"

妇女听了果然收敛了，可一开口眼泪仍像断线的珠子往下掉。

原来，妇女姓孟，祖籍青岛，前年丈夫死于车祸后，开始独自经营家里的燃料公司。孟小姐收入虽然不菲，但很空虚，

把命交给你

于是上网聊了一个网友叫"沉默是金"。

俩人深夜没事就视频，一来二去发展成裸聊，还聊出了感情。最近，"沉默是金"专程从广州飞过来，跟孟小姐住在一起。孟小姐连续一周好生伺候，沉浸在久违的幸福中。

然而没想到的是，就在昨天凌晨，"沉默是金"与孟小姐在住处喝完咖啡，孟小姐就一直昏睡，直到下午醒来才发现，"沉默是金"早已溜之大吉，而自己不但被拍了裸照，就连金银首饰和大量现金发票也统统消失了。

这是一起典型的麻醉抢劫案件。

陈队皱着眉问："把你知道的对方情况详细谈谈。"

孟小姐听了，机械地摇摇头，"我连他姓什么都不知道，手机号也不知道。他来的时候是在车站打的公话，我开车去接的他……"

"那他到底是哪儿人、干什么的、多大年龄、结婚与否、有无劣迹前科，你更是一点都不了解？"陈队问。

孟小姐声音发颤："他说普通话，说他今年 28 岁，未婚，是一家外企主管……"

"看过他有效证件吗？"

"没有……陈队，我也知道，找这人比大海捞针还难啊！都是我糊涂，可我现在一点办法都没有了！全靠你们救救我了！"

孟小姐哭着喊着，抬头望见刑警们凝神沉思，忽然又去撕扯自己的上衣。

陈队忽然一声断喝："别脱了！我们也不拖，给我们一周时间！"

　　孟小姐听了梦呓似地问道："一周时间？我不相信！不过这可是你说的，到时候破不了案，我天天不穿衣服来这里上班！"

　　等孟小姐一走，民警们七嘴八舌地议论起来。"什么毛病？""裸聊惯的！""就这不着调的案子，一周能破吗？""她要真裸着来上班，咱这可热闹了……"

　　陈队摆手制止，"案子都一捅就破，还要咱刑警干吗？这家伙白吃白喝了一周，肯定好吃懒做，能舍得买那么远的飞机票？我估摸着他离咱们这不远！"

　　大家顿时觉得有理。解着，陈队开始分工。有去现场的，有去查"沉默是金"IP地址的，有去沿街查看监控录像的。

　　不久，情况一综合：监控看不清，现场没证据，唯独IP号地址查出来了，就在邻县一座水泥厂家属楼附近。

　　陈队立即带人前去。然而偌大一座楼房，到底哪户藏匿着嫌疑人？

　　查水表？老套路了。可一旦搞不好，惊动了嫌疑人，就再难抓他了。眼看夜幕降临，陈队灵机一动，都到对面楼房上去，查看这边喜欢裸聊的"沉默是金"是否正在上网。

　　从对面楼房往这边看，楼上正有三户人家在卧室里上网，其中两家是孩子，一家是女人。陈队赶紧给孟小姐拨电话，让她上网查找吸引"沉默是金"。

　　孟小姐很快就回电了，声嘶力竭："你们快来看啊！他在！

正拿裸照威胁我呢！"

与此同时，陈队和战友们眼睁睁发现，对面有个卧室里，上网的女人忽然摘掉了假发，换上了 T 恤，即刻由女人变成了男人！男人边手拿照片舞动着腰身，边随手解着腰带……

陈队清脆地打个响指，带人就往对面冲去！

可想而知，那人刚打开房门就被摁趴在地上。陈队单膝压着那人，让队员去卧室里查看确认一下。

民警们不看不知道，一看乐得笑弯了腰。

就这家伙没错，电脑上的孟小姐还在那头裸聊呢。见民警天兵突降，孟小姐惊得"嗷"一嗓子，护住了上身。

身　份

当警察的身份开始遭遇怀疑，信任就成了一种社会危机。

前几天我到市里参加一个活动，结束时已是深夜。由于第二天有工作必须赶回单位，我决定连夜打的回去。

凌晨一时，我站在街口拦下一辆富康。上车后，司机一听我要去两百里外的山城，浑身充满了警惕。看样子，他的内心也斗争激烈。去，天黑路远，格外辛苦；不去，如此赚钱机会，实属难得。

于是，司机一边发动车子，一边对我炮语连珠地发问：

随笔随语

"请问您是几个人一起走？"

"一个人。"

"去干吗？"

"回单位。"

"这么晚回单位？"

"明天有紧急工作。"

"请问您是什么单位？"

"……"

我明白了。司机担心遇见歹徒劫财劫物呢。如今抢劫出租车的案件时有报道，司机跑夜路心怀警惕还是很有必要的。

我笑笑，诚恳地对他讲："别担心小伙子，我是警察。"并且，从西装口袋里掏出警官证让他看。

年轻的司机接过证件仍然一脸狐疑，打开车厢壁灯对照着我的模样看了许久，又忽然发问："你们局长叫什么名字？"

听司机的口气像极了审讯犯人，我心里反感起来。

"你到底走不走？不走拉倒！证件你也看了，还不放心？"

他有点窘："这样吧，你先和我到附近派出所走一趟！咱们登个记，你方便我方便，大家都安全！怎么样？"

我本想赶时间，但转念一想，地方上还真有这种规定。出租车深夜出城实施登记，以防被抢，正是我们公安部门规定的。于是催促他赶紧开车。

把命交给你

　　车子在深夜市里的柏油路上飞驰起来，掠起大片大片蝴蝶般的法桐落叶。

　　看样子司机熟门熟道儿，猛一个急转弯后，伴随着尖利地刹车声，车子驶进了新区派出所。

　　一个穿联防制服的青年接待了我们，说值班民警刚才出警了，有什么事等他们回来再说。

　　司机向他说明来意。我也在一边递上警官证。

　　联防队员睡眼惺忪，把证件高高地举过头顶仔细地看、摸，像查验假钞。

　　"你这证件不太对头啊？"

　　司机吃惊地望着我。我腾地急了，问："你说清楚哪里不对头！"

　　"好像不太对头。感觉上不太像……说不好。"

　　我一把夺回证件，生气地说："你有证件吗？拿出来对照一下！"

　　联防队员当然拿不出警官证来。

　　我扭头对司机说："你走不走？你不走我再另打车！我不信回不了家了！"

　　司机嗫嚅着："走，走，当然……还能不走吗？"

　　谁料联防队员厉声呵斥："走？你们想往哪儿走？这里可不是随便说来就来，说走就走的！等所长他们回来再说！"

　　我知道非得赶紧确认自己的身份不行了，回程全是山路啊。我问那联防："有电话吗？"对方生硬地回答："没有！"

我只得掏出手机给市里一个警察同行打电话："喂，老宋吗？我现在在新区派出所，走不了了！我给你电话你跟他们解释一下！"

老宋那边的话音像是梦游："别，你这家伙几点了还打电话骚扰我？在哪儿喝大了吧！"

"老宋，我这时候没事骚扰你不是纯粹有病吗？你赶紧清醒清醒！"

"真的假的？你真在新区？出什么事儿了？我可告诉你啊，你要真犯了事儿老哥我也不好帮你！"

我差点晕过去。把电话递给联防队员。

"喂？你是哪里？……市局老宋？……不认识！……你是主任？我还是所长哪！"联防队员不等说完，"啪"地一声挂了电话，拿更加异样的眼光盯着我。仿佛老宋即是我图谋不轨的同伙。

"把手机还给我！"我有些气急败坏。

"好说，等所长他们回来就还。你别急，快了！先进屋坐会儿！"这家伙软硬兼施，到这时候了又佯装客气。

连惊带气，外加三分酒意，我算彻底晕菜了。

大约又过了十分钟，所里的电话响了。联防队员坐在里屋抓听电话。

没过一会儿，他垂丧着脑瓜跑出来了。"大哥！你千万别生气，是我搞错了，对不起！刚才所长打电话来骂了我一通！实在对不起，手机还给你！所长说要我明天卷铺盖回家……"

我心绪烦乱，哭笑不得，拿回手机正转头要走。却发现我

把命交给你 ▮▮▮▮▮▮▮ ↝

忙活了大半个晚上，出租车司机早已不知何时开溜了！

我沮丧地走出派出所大门。正巧，出警的民警回来了。他们下车就紧紧握住我的手，把我往屋里让。

我一再推辞，说明时辰不早了，明天还有紧急任务。为保险起见，我尽量挑拣我们警界内部的专业术语。所长心领神会，人也爽脆，当即安排一名民警老安开桑塔那送我回去。

再三感谢，我终于坐上了舒适的车子直奔家乡那座遥远又崎岖的小城。一路上，车子快如流星。我和老安也兴奋地攀谈着。我感叹："连警官证也不能证明我的身份，现代人彼此间的信任都到哪儿去了？真希望以后不再发生这么滑稽的事情！"

老安听了也动情地说："老纪，你想没想过，确认你一个人的身份是小事，可这里面凸显了对整个社会环境亟需整治的问题，我们警察的担子尤其不轻啊！"

我点点头。车窗外，启明星正在西山峰顶，用深沉的眸光凝望着这片大地。

蛾 子

同一起案件，经历者会留有不同的印记。警察记住的多是生死考验的较量，而当事人铭记的或许是些无关紧要的细枝末节。

那天清晨一早，蛾子和娘正在北岭上刨草药，二妮子忽然气喘吁吁地跑上岭来喊："蛾子，快！你家出事了！"

娘听了惊得"咯噔"坐倒在地，眼泪像断了线的珠子往外直淌。蛾子甩下镢头疯了似的跑下岭来。

村小学的操场上已被围得水泄不通，几个警察正朝北墙方向喊着话。

蛾子挤进黑压压的人群，一眼就望见了弟弟山娃。她的未婚夫狗大瞪着血红的双眼正惊恐地盯着四周，手里的菜刀在山娃脖子上闪闪泛着寒光。

蛾子被如此惊险血腥的场面吓蒙了，咬着嘴唇儿流着眼泪慢慢摊倒在地上。

醒来时，蛾子看见一张英俊帅气的脸，是个大个子警察小伙儿正拿着笔记本向她问话："醒了？没事吧？你是狗大的未婚妻，有几个问题需要你证实一下。"

蛾子委屈地泪如泉涌："俺不是他未婚妻！俺娘的眼都让他打坏了，哪里还有钱还他的财礼……"蛾子这次话还没说完，就晕倒在大个子警察怀里。

蛾子再次醒来，天快黑了，屋子里光线阴暗。但她竟看见娘抱着睡熟的山娃在流眼泪！难道是梦？不，蛾子掐疼了自己大腿。且分明看见弟弟山娃脖子上那一道一道的血痕。

蛾子听娘讲才知道，她错过了刚才那场惊心动魄的场面：

狗大索要财礼逼婚不成，正想持刀劫持山娃逃跑时，那个大个子警察突然从北墙后翻过来，出其不意半空中亮出一个飞脚，踹掉了狗大手里的菜刀，一招之内就成功解救了山娃！可那狗大也不是好惹的，穷凶急恶趁大个子还没站稳，狠狠一个扫堂腿将其撩倒在地后，独自一人奔上北岭仓遑逃去。

蛾子的心，揪得紧紧的。她想起了那个大个子警察小伙儿：身子高瘦，手指细长，脸白白的，说话也还稚气……

半夜里，起了风。不久，雨珠子噼里啪啦砸下来，山里头黑得吓人。蛾子不困，躺在床上烙饼似的翻身时，猛听见有人急促地敲门！

娘也醒了，两人紧紧抱成一团儿哆嗦着想起了日间那个恶棍。

"大娘开门！大娘开开门！我们是公安局的！"

蛾子一听，这才跳下床去赤脚开了门。

是村主任领着两个警察来了。蛾子的预感一点没错，果然有一个就是他！她偷偷望了一眼那大个子，湿透的警服紧贴在身上，精神的短发也显得稀疏了。

村主任烦燥地脱下衣服拧着水说："看你们家住的这破地方，下了车还得走老远！他爹死的早，人家公安上不放心你们娘仨儿，说是要在这守上一夜，怕那畜牲再折回来！"

娘连声谢着，要去下红糖水。蛾子呆呆站着，本想去提壶热水，却不知怎的抓起了墙角的那把破伞。

村主任穿上家里的雨披走了，大个子警察温和地对娘和蛾子说："你们快去里屋睡，担惊受怕一整天了，我们在外屋守着就行。"

进了里屋，蛾子的心却扑腾腾得老不安生。大个子长得可真高，蛾子估摸自己就是翘起脚来也还够不到他的肩窝。他的腿可真长，坐在外屋的马扎上，会不会蜷得慌？他真能整整一夜不合眼，就那么守着？

后半夜，大个子突然在外屋剧烈地咳嗽。蛾子困累交加突然惊醒，发现同铺睡着的山娃也正烧得厉害！

一通慌乱，又是大个子安慰了娘，搓着山娃的腚锤儿背起他，和蛾子一道儿去六里外的村医务室。

雨仍淅淅沥沥下着，夜浓得像涂了墨汁。山路又窄又陡，烂泥让大个子的皮鞋包裹上了一层厚厚的翻浆还老是打滑。蛾子就有点开始恨那个总坐着，连一句话也不讲的警长了。就把伞都挪向了大个子那一边。

五六里山路走下来，蛾子紧跟大个子走得七扭八歪，而大个子的喘气声也赛过了山坳里的风吼。

敲开了医务室，蛾子攥着拳头，一边安慰打吊针的山娃，一边不时抬头揪心地望着大个子。大个子一顿咳嗽，偶尔抬起头与蛾子对视一眼，便微笑一下露出满口的白牙。

时间悄然变作了窗外的雨。时而缓慢，时而湍急……

等犯罪嫌疑人狗大被抓获归案，已是这年枫叶飘零的秋天。

蛾子的草药攒够了整整一蒌筐，她高兴地进城赶集卖药时，在县公安局的大铁栅栏门前徘徊了好些时候。

大个子出来了。当了警长的大个子坐在面包车里望了蛾子一眼，没认出她来。

辨　认

世上最烫人的眼泪，是母亲的眼泪。最柔软的心，是母亲的心。

刑警队最近遇上一帮硬茬儿。

对方是个团伙，专捡大白天居民上班期间入室盗窃。

民警这头儿刚布下网，那头儿人却倏地消失了。

几天后，临县陆续发来协查通报，内容竟与本地的大同小异。把刑警们气得够呛。

经查各居民小区监控，该团伙有这么几个特征：

作案较固定的有三人；大白天开高档轿车，挂本地假牌照，进出小区通畅无阻；开车始终放下遮阳板，下车凡有监控处一律用手遮脸或低头，无法看清面目；彼此不用手机，作案戴有手套；进楼宇门前先按门铃，选择无应答的住户下手；技术开锁，悄无声息；作案后特意恢复现场，让受害人回家很难立即发现被盗。

民警给这帮嚣张的盗贼，起名叫"白日闯"。对案件的侦查，存在两种意见：

一种认为线索少，对方流窜性强，建议加强本地防范的同时，广发协查通报，天网恢恢，他们早晚都要落网；一种建议想尽办法不惜代价将这帮盗贼缉拿归案。

两种意见都有道理，各有各的考虑。正相持不下，老林站了出来。

老林是中队长，意见属于后者。前段时间母亲病逝，破例休了很长时间假，正憋着一股子劲没地儿使。领导当即准了，还给了一万块钱经费。

当晚，老林把弟兄们叫到一起吃火锅，彼此喝了个四仰八叉血脉喷张。第二天天还没亮，他们就拉着半车斗方便面出发了。

这一走，就是一周。战线越拉越长，可心也越来越凉。

他们总是跟着"白日闯"的屁股挪地方，一连辗转多个市县发案地，措施用尽，方便面吃光，线索仍然寥寥无几。

老林实在坐不住了。

这么查下去，八成让盗贼偷了一大圈儿，挥霍得一干二净，最后"不慎"载在哪个鬼地方，老林他们却无功而返，连半个人影儿都带不回去……

一个晚上，老林带队在家路边店住下。开了半晚上会，店老板进来送开水，忽然长叹一声："这年头，还以为光小偷来我这住呢，没想到你们警察也能来！"老林乜了眼问："你这是黑店？"老板说："不敢，可现在愿意来我这地方的，不是偷情的就是偷财的，整天提心吊胆的我也不容易！"

老林来了兴致，问："偷情的好认，偷财的你怎么识别？"老板说："我也没证据，所以才没报警。就前些日子，几个外地人开着豪车来住店，后备箱里塞满了各种的值钱东西，说话办事鬼鬼祟祟，我送趟开水还在门后盘问老半天，让他们出示身份证宁愿多给钱也不登记，能是些什么好人？"

老林瞪大了眼问："你没登记？这可违反规定。"老板自嘲："看你们是外地警察才跟你们唠，他们那些人多霸道，我敢登？不过，证件我倒是晃了几眼。"

"他们都叫什么？哪里人？"老林紧追不舍。

老板说不上姓名，却说出某个省下面的某个市，由于后面的地名更好玩好记，还顺带把村镇的名字也说出来了。

老林听完，猛地一拍桌子，暖瓶倒了。

那地方，距老林的县足有一千多公里，可谓"臭名昭著"。全镇大部分青壮劳力常年流窜在外从事特殊职业。本来，像这种"家族产业"或"地域经济"在全国还颇有几处，可这下基本上圈定了。

老林他们睡不着，当晚就坐上了长途汽车。

两天后，他们猫进村里，靠着手里头模糊的嫌疑人图像，很快确定了三个通缉犯的身份。依托当地警方配合做饵，他们"引蛇回巢"，顺利将其中两人抓获。

剩下的一个嫌疑人叫胡维金。老林带人乘胜追击，冲进邻村的一个隐蔽赌场将其抓获。

抓获了胡维金，问题也就来了——

这家伙在派出所里厉声质问老林抓错了人，他根本不叫胡维金，而叫胡维银。胡维金是他的双胞胎哥哥，前些日子出门打工了。

老林一查，胡维金兄弟俩还真是双胞胎，另一个也确实不在家。这下麻烦了，谁也不敢保证线索百分之百准确，就连当地警方都拿捏不准。在这个蜚短流长的时代，真要是抓错了人，很可能就被"扒了衣服"（辞退）！

老林急得满头热汗，眼看过了期限就得无条件放人。这时，手下一句话让他醍醐灌顶：找嫌疑人的娘来辨认！

很快，老太太来了。白发苍苍，步履匆匆。站在窗户外搭手向室内观望。

老林生怕她护犊子，没说啥事，上来就问，大娘，里面坐着的人你认识吗？他叫什么名字？

问了两次，老太太始终木木地不发一言。

老林缓了缓口气，第三次问，大娘你看清楚，他是你儿子胡维金吧？

老太太听完仍然不答，脸紧贴着窗户，眼睛里却流出两颗硕大的眼泪。

有人把老林叫到一边说，别问了，人没抓错。老林犹豫，那民警又说，眼泪不会撒谎，天下哪有认不出儿子的娘？不是老太太才不会哭，当年她丈夫判了无期她都没掉过泪。

老林进了屋，让嫌疑人回头看看窗外。

再一审，果然。

刀剑笑

将生死置之度外，乐观和悲悯就成为最高尚的情怀。

把命交给你

1999 年秋天，我实习的最后一个月，由城区派出所调往刑警一中队。

只身报道那天，忽见满院子警察围成一圈热烈鼓掌。

我当即惊得脸红心跳，却又发现他们统统背对着我。

我急忙上前，只见人群中有一壮汉，身高接近一米九，体重至少二百六，面圆耳大鼻直口阔，一双卧蚕眉稍显滑稽，满脸络腮胡煞是霸气，说话震得人耳膜轰鸣。

"怎么样？怎么样！"壮汉环视四周，一脸挑衅。

原来，这是刑警们在审讯办案之余"课间休息"，利用院子里仅有的一副杠铃活动活动筋骨。方才掌声，是因那人仅凭单手就擎起了六十公斤的杠铃。

这时，人群里有人激将："这算啥？兄弟们找出三个最棒的来和你挑战！看看是谁赢？谁赢了谁请客！"

众人纷纷响应，连我都跃跃欲试。哪料壮汉一口回绝："别费那事！你们最多的不就举六十个？今天手上正好没案子，我给你们举个一百八！"

这话让提议之人无比兴奋："好！大家作证，你也别举一百八，举个整二百，从明天起我连续三天请你下馆子，要是举不起来，你请我们大家连吃三天！"

话音未落，壮汉那边早已脱了外衣，光着膀子抓起了杠铃。

这就是我的偶像齐队，给我的第一次下马威。

后来，我曾偷偷举过那副杠铃，令我崩溃的最高记录是：四十七个。

可那天，我眼睁睁看着齐队举了整二百。当时齐队的脸和脖子，甚至胸脯都紫了，是我第一个跑上去搀扶他进屋。事后，我们就分在了一个探组。

不过第二天，也就是打赌输了的崔队准备请客时，齐队却没来上班。听说是请了病假。第三天也没来，第四天同样。到了第五天，齐队来了。大家都知道是怎么回事，可没有一个人敢拿这事说笑。

唯独崔队略带歉意地跟齐队打招呼。虽说请客早已过了时限，可齐队劈头一句，就让崔队把客请了："人家小纪刚来，接接风总可以吧！"

那场酒后，我就跟着齐队办案了。齐队人高马大，说话赛放鞭，打鼾如滚雷，做事像风吹，穿一身全局最大号警服，开一辆过了报废期的破"仪征"警车，车载录音机里永远都是激昂的刘欢。相比之下，我是个十足的小跟班。

一天夜里，齐队把我从被窝里拉出来，开车就走。原来他得线报，有个逃犯回家了。齐队径直把车开进深山，停下塞给我一把手电让我跟着他走。那夜黑得让人压抑，风刮像在脸上割肉，山像张牙舞爪的魔鬼。我死死跟着齐队，半步也不敢落下。

齐队却轻车熟路，带我在蜿蜒山路上疾走，不知何时还拎起了一棵道旁的枯树。走不多时，忽听四下干草丛里一阵窸窣碎响，竟有七八只恶狗猛窜出来将我们围住，龇牙咧嘴狂吠如狼，眼见就要飞扑上来。

我正吓得筛糠，齐队大步跑进一侧果园，将狗统统引向自己。我手电照处，只见齐队摆开弓步，怀抱树冠，将树根

把命交给你

舞得夹风带响水泼不进,那架势活脱脱像极了倒拔垂柳的梁山好汉鲁提辖!蹊跷的是,恶狗们并没真的挨揍,却都落荒而逃!

这招令我大开眼界!随后我们冲进山上那户独门独院。屋里床上只有祖孙俩,老太太闭目不语,小女孩儿却冲我们喊:"警察叔叔,俺奶奶得了癌症,俺爸爸没回来!"

这话有些多余。齐队径直走到里间门口大吼:"陈刚,你给我滚出来!"话音震得门框上尘土乱飞,接着就听到有人从里屋连滚带爬地出来了。

齐队揪住逃犯就走,我抑郁地跟到山下,刚刚想通法不容情的道理,不料齐队转身掏出仅有的二十块钱,让我原路送回去!

我心里又惊又喜又暖又怕,但还是顺手抓起一条棍子,撒腿就往回跑。

半山腰上,我和那群恶狗再次遭遇,一番抢棍成功退敌后,我忽然茅塞顿开:原来人跟狗斗,与跟坏人较量相似,都需要必胜的信念和强大的气势!你弱它就强,你强它就降……

我离开刑警队大概半年后,齐队就出事了。

那次押解人犯去看守所,搭档下车去办入监手续,齐队后脑忽然遭受重击,腰中"五四"被人一把抢走。原来,那人犯少年学武骨头奇软,偷偷把背铐从脚下挪到身前,抓住时机举铐袭击了齐队。

齐队天旋地转,一睁眼却发现枪管对准了自己脑袋,心道这回完了,下意识伸手去挡,可对方扣动了扳机。

往下的事儿，就是搭档回来把人犯给制服了。再看齐队，浑身湿透，没死成却虚脱了。枪，始终没响。齐队粗胖的中指竟插进了扳机内的空挡，人犯拼命狠扣扳机，生生把他指骨卡碎，却没能成功击发。

多年后，齐队上网聊天，因废了一根指头打字奇慢，擅长"一指禅"。我在 QQ 里遇见，问他为什么网名叫"刀剑笑"？

齐队在那头捣鼓了 N 久才点出一行字来："枪都打不死咱，何况刀剑？哈哈！"

血指印

世间所有的事情怕就怕"认真"二字，背后英雄亦是英雄。

偶然去刑警队四楼找资料，推开最角落里的一扇门，见一团乌云伏在桌面上，正散发着淡淡的清香。

许是被我脚步惊扰，燕子猛一抬头，黑发齐刷刷地甩到脑后，一双好看的大眼睛中布满血丝，有着说不出的疲惫。

"好啊，上班时间洗头发、睡懒觉？"我厉声问道。

燕子迅速站起来，莞尔一笑。一边将湿漉漉的头发挽起来扎住，一边活动着细长的脖子说："这话谁说都行，你说可没有良心了！"

我也笑。我承认，我举双手承认，她是在休整，绝不是在

把命交给你

偷懒。她才是我心目中的英雄。

无名英雄。

一个文静的女孩子，就只她一个人，一年多时能破上百起刑事案件。这是什么概念？

如果单比刑案破案数，她自己就能顶好几个山区派出所了。

燕子的工作是常年趴在电脑屏幕前，跟千百万枚指纹打交道。

十几年前，我刚参加工作那会儿，采指纹都是让嫌疑人用手指沾油墨捺印，然后拍成照片，积累成指纹库。再有案子发生，就把现场指纹照片与指纹库里的进行人工对比，工作量之大、花费时间之长，难以想象。最令人头痛的还是忙活一年，到头来破案率微乎其微。

好在如今装备了指纹采集对比仪。原先的程序都能电脑化了，效率大大提升。而燕子的工作，就是坐在电脑前，将各单位采集录入的指纹进行比对查寻。

这种查寻大体分为两种：一种正查，即将现场勘查后采集的现场指纹，与电脑库中的指纹进行对比查寻，一旦查到匹配者就能锁定嫌疑人；另一种叫倒查，即用刚被抓获的嫌疑人指纹，与电脑库中的现场指纹进行比对查寻，两者一旦匹配，就能判定该嫌疑人还曾出现在哪些犯罪现场。

若以为这工作就是打开电脑，按一下自动搜索键就 ok 了，那就大错特错了。

任何高科技都有误差，而牵涉人的清白和案件真相，要是出现差之毫厘谬以千里的情况，麻烦可就大了。

打比方说，某派出所录入某个人的十指指纹，燕子在对这些指纹搜寻比对时要按不同条件搜索，具体到哪只手指、什么特征、地域范围，等等，而每一次搜索都将耗时若干。这还不算，一旦电脑搜寻到符合条件的指纹，并非一对一精确显示，而是按照相似度打出相应的分数值后一一列出。

无奈的现实是，往往电脑中与该人拇指匹配的拇指指纹有五十枚，与其食指指纹匹配的食指指纹有三十枚……剩下的工作，全靠燕子趴在电脑前，一枚枚筛选、比对和排除。有时电脑中一枚被打出相似度九十分的指纹，通过人工比对却被排除了；而电脑打出的五十分的指纹，有时却偏偏就是目标。

由此可想，燕子的工作量并不因为有了高科技而成倍减少。相反，在整日的眼花缭乱和头脑昏沉中，更多了一份沉甸甸的压力和责任。

听燕子讲过一个解气的案例：她在对一个盗窃现场指纹进行比对时，成功比对出了嫌疑人，而该嫌疑人正在外地某拘留所因打架被治安拘留十五天，眼看就要期满。燕子没有停止查寻，而是通过查到的该嫌疑人的其他手指指纹果断倒查，结果又成功比对出十几个罪案现场！足见这厮恶迹斑斑，隐藏很深，若不是指纹比对很可能就将逃脱很多应有的惩罚。

几条弧线、几个小圈，不起眼的小小指纹，经扫描放大后呈现在屏幕上，却突然化作了电线、跑道、迷宫、河流、山峦、大海……

"你来的正好，看，我们又破大案了！"燕子边整理桌上一摞厚厚的案卷，边开口把我从记忆中拉了回来。

"什么大案，案卷太厚了，还是说来听听？"

燕子瞅我一眼，仍然抑制不住兴奋："破了一起杀人案！最近有人报案说车被盗了，民警问是怎么丢的，他前言不搭后语。后来一查发现，他是夜里开车出去盗窃时被发现了，连惊带吓弃车逃跑，事后车没找到，这才来报案。"

"你们采了他的指纹，然后就发现他以前还犯过命案？"听到这里，我已猜出了结局。

"没错，不过这起杀人案距离嫌疑人落网，已经过去了整整十年！而且当时那案子，嫌疑人是异地作案，与开车的死者无冤无仇、素不相识，只因深夜搭车时突然起了抢劫歹意，将其杀死后连车推下了悬崖。警方怀疑谋杀，因那辆车毫无制动痕迹，但也不能完全排除交通肇事。幸亏当时民警在车底发现并采集了一枚斗型纹的血指印入档，就是这枚指纹暴露了他！要不然啊，这案子悬了……"

燕子说得眉飞色舞，我听得啧啧称奇。

那一刻，她俨然一个披蓑戴笠的渔家少女，用纤纤玉手在指纹的汪洋大河中，钓出一条面目狰狞的大鱼！

丢失的初吻

特殊境遇里遭遇模糊的情感，何不让它随风而散？

十四年前，我在警校念书。

第二学期学习摄影课，着重掌握对痕迹物证的拍摄和取证。

除了打枪，恐怕把玩精密相机就是那时最令我们兴奋的事儿了。

我们三五成群，自愿结合，去操场、树林、工厂，甚至去坟头、臭水沟，制造假定现场，然后练习拍摄。

我和大民俩人一组，练习得相当顺利。并且利用剩余胶卷，互拍摄了一些自以为很福尔摩斯的照片。

接下来，就轮到上冲洗课了。

这课更为简单，听教官说就是去暗室里，亲手用显影液冲洗出照片。然后找出差距，弥补不足。

大家跃跃欲试，排好队伍，叽叽喳喳走进亮着日光灯的暗房。

随即，教官制止了所有喧哗，开始强调课堂纪律：

"所有人从现在开始一律不得说话，要迅速自行分组，找好显影罐、卷片盘、温度计、量杯、夹子、裁刀等必备工具，等待我的口令！"

教官说完，暗房里立即响起一片叮叮咚咚的响声。我仍和大民一组，我抱相机，他拿工具，很快准备完毕。这期间，大民随口向我说了句："可惜了，还有几张底片没照完。"

大民话音刚落，教官的吼声立即响起："刚才说话的那位同学，请你出去！"一时间，所有目光射过来。大民异常窘迫，随后万分沮丧地看了我一眼走出暗房。

把命交给你

这下，没人再敢说话，纷纷蹲下准备开工。暗房里迅速沉寂。

"有事情，可以打报告！谁再敢违纪，看我怎么收拾你！"素有"野兽"之称的教官再次放出狠话，随后"吧嗒"一声关掉了屋里的灯光。

意外，就在这一刻突然降临。

灯光倏地熄灭，暗房霎时陷入漆黑的深渊。所有人眼前模糊一片，女生们下意识地喊出一阵"啊"！与此同时，有只手紧紧抓住了我的胳膊。

那是一种我一辈子都不会忘记的黑暗。

无边无际，如潮浪涌——让人孤独，让人胆寒，让人惊恐，让人窒息，让人晕眩。让人仿佛一下子从人间坠落到地狱。

我迅速攥紧了胳膊上的那只手。它一直都在抖，直到这时我才明白身边是个女生。两只手也越攥越紧。

我们都以为能逐渐适应黑暗，可我们错了。我们毫无心理准备，苦撑的结果反而像溺水的人，等来的是加倍的绝望。专业暗房毫无光线，加上周围死寂一片，既潮湿又阴冷，我们这时才悟出冲洗课的真正含义，它挑战的竟是人的生理极限。

有抽泣和压抑的呻吟低低地传出，有急促的喘气声在胸腔里呼啸，就在我也感到快要崩溃的时候，怀里突然多了一个温热的身体。我来不及多想，一把抱紧，嘴角又已触到了一张薄透冰凉的唇——

我不骗你，那是我的初吻。

在这之前，我曾和童年的异性伙伴亲过嘴。但那不一样。这个吻，让我第一次洞晓了舌头除去吃饭以外的天大秘密。

原来，舌头也能握手，能拥抱，能舞蹈，能飞翔，能燃烧，能在惊恐陷落中进行救助，能在天崩地裂时实施救赎，能让人不知不觉地从地狱飞升到天堂。

"大家注意了，开始冲洗！"

黑暗中教官的话，忽然像道狰狞的闪电，霎时将我怀中的身体夺去。我甚至还没反应过来，下意识慌忙端起相机，却又不得不无奈地垂下手臂。我知道，大民相机里还有交卷，可如果我摁动了快门，同学们的底片将就此报废，而等待我的也必定是教官的一顿教鞭。

她就这样消失了，我的天使。我舌尖上还留有她淡淡的芳香，怀抱里还留有她微微的余温。可我竟然荒唐地不知道她是谁……

出了暗房，大民翻看着照片表示很满意。但我低落的情绪也让他很意外。

"我又没怪你。看，脚印真清晰，我俩多帅！"

我走神了。我的大脑、眼睛、鼻子、嘴巴、毛孔，无时无刻不像猎犬一样四处焦急地窥探着。全班共有八名女生，到底会是哪一位呢？

从外表上，完全看不出来。她们一回到阳光下，就立即举起照片遮挡住强烈的光线朝宿舍跑去。她们每一个人的身段，都是那么优美。

我太痛苦了！说出来，谁会相信呢？在女生贵如国宝且严

把命交给你

禁恋爱的警校里,在我们性别严重失衡的班级里,居然有一个女生主动拥抱并亲吻了我!不管是出于什么原因,我们都曾经是最亲密的人。

从此以后,我守着这个秘密,始终都在小心翼翼地寻找着。八位女生,个头相当,身材匀称,各有魅力。每个人都像,可每个人又都不像。直到有一天,我沮丧地想到,对方会不会也不知道亲吻的是谁呢?

毕业那天,聚餐时都喝醉了。我单独到女生那桌敬酒,提议以一对八玩石头剪刀布的游戏,谁输了回答对方一句实话。结果,我最后输给了她们老大。

老大借酒笑问:"我们八个人中,你最喜欢的是哪个?"

我鼓足勇气回答:"如果我的心是一张底片,那它冲洗出的,是我永远的初吻。信不信?我一直稀里糊涂地暗恋着你们八个!"

老大听完先是笑,接着却哭了。继而其余七个人也哭了。

她们,全都哭了。

把命交给你

是什么让一个杀人凶手突然放下屠刀、甘愿被抓,能把命交出去的只有一个字:恩。

八年前，芙蓉街发生过一场血案。

关老九因琐事纠纷，夜间持斧头闯入邻居马怀然家行凶，砍死了一家三口。

这是街上有史以来最惨的凶案，也是民警老安一辈子的污点。

八年前，局里照顾患有股骨头坏死的老安，将他从乡下派出所调到老城区芙蓉街当片警。老安很知足。芙蓉街虽处老城区，租赁户鱼龙混杂，摸排耗费精力，但好歹离家近，就诊方便，还和家人多了些团圆时间。

可老安万万没想到，就在他上岗的第二个月，就发生了凶案。

当初，老安前任老丁跟他交接时，前后说了一大通，什么孙家的母狗咬人、李家的儿子不孝、吴家的媳妇有精神病、柳家的屋子是危房、万家跟包家合不来、街南面住了不少四川盲人和东北小姐……老安的笔记本都快记满了，但唯独没记得老丁跟他交代过关老九。

那么大的命案，当时震惊了县城。老安也懵了。他刚来，跟关老九不熟，巧的是案发前两天还去关家走访过。对于凶案没能预察，毕竟脱不了责任。而且案发后朱老九一直在逃，社会舆论极大，上头若再不给个处分，老安自己都觉得没脸。

可真等处分来了，老安又觉得太沉重了。不仅扣票子，竟连党性也予以了质疑。

后来，有同事开导："想开些吧，别看关老九平时木讷，可那晚喝多了酒，纯属激情犯罪，换了谁也阻止不了！"

把命交给你

老婆也不止一次劝慰:"天底下有些事就该着发生,咱认命吧!"

话是那么说,可老安从那就像变了一个人,每天起早贪黑,干活玩儿命,整日拖着病腿斜着身子在街上穿行,像跟谁赌气似的。不过老安的工作挺见成效,没多久小小警务室里挂满了红灿灿的锦旗。

一晃,八个年头儿过去了。

八年间,芙蓉街已从古色古香的矮房陋巷,变成了破败不堪的棚户区。八年间,老安换了三种警服、四届局长、七任上司,自己却始终像枚图钉,在芙蓉街这张油毡毯上,深深地扎根,渐渐地生锈。

没人能理解老安不间断的玩儿命,只有老婆知道他心里还憋着一口气。老婆近来一次问他:"芙蓉街都卖给外地人了,马上要整体拆迁,你打算老死在这儿?"老安听了,就一句话:"真要走,我的警务室最后搬!"

老安的话就像一阵大风,吹得街头落满了树叶。北方的冬天来了。

冬天一来,老安就隔三差五接到左家的电话。左家就俩人,八十岁的奶奶患有严重哮喘,一到冬天就犯。八岁的孙女会用老年手机,这次是半夜打的电话。

老安匆匆赶到,见老人晕倒在床下尿壶边,孙女已哭哑了嗓子,急忙用力将老人抱上床,狠掐其人中,将老太太救醒、喂药。

老安忙活完离开左家时,天还未亮。因为肚子饿,也想给左家买些吃的，就径直往街心去。那里亮着盏灯，有家米粉老店，门开得早。

阒寂无人的街上，狗都在寒风里销声匿迹。老安哈着两手走到店门口，突然愣住了。店里已经有位顾客，竟像极了一个人：关老九！

这么多年过去，老安还是一眼就认出了他。

关老九抬眼看见老安，也腾地一声站起，带翻了桌前的碗筷。

老安下意识低头摸枪，可片警腰间只有一副手铐，还未等他再抬起头就感觉被人猛地兜头抱住，像被挤在了一堵石墙上。

关老九身高一米八，体重近三百，浑身蛮力。而老安只有一米七，还拖着病腿，精瘦羸弱。老安被对方箍在怀里，尽管拼尽了力气却丝毫挣脱不得，眼看就要晕眩气绝。

这时，老安忽觉对方的脑袋重重地压落下来，随后耳朵里传来一句令他这辈子最匪夷所思的话："别动！我把我的命，交给你。"

关老九说完，忽然松开双臂，主动蜷到背后，老老实实地转过身去。

老安哪敢怠慢，赶紧掏出手铐，咔嚓铐牢对方，一双手始终颤个不停，额上的汗珠滴在门槛上，摔得啪啪直响。

老安只身擒拿灭门凶手，立即在局里引起了轰动，人人赞叹他深藏不露智勇双全。其实，老安比谁都恍惚，凶手是怎么抓到的？自己给关老九搜身时可发现他还带着匕首！

把命交给你

　　审讯是刑警的事了。过了很久，老安才有机会打听到，关老九被捕的那夜是他八年间第一次潜回家，他娘也是他唯一的亲人哭着告诉他，这些年一直都是老安在照顾自己，她已经把老安当成儿子了。

　　老安还听说，关老九已经在贵州有了老婆和闺女。

　　听着这些，老安的心起起伏伏，一时很难说清心中憋着的那口气，是在还是不在了。

第二辑　穷乡旧事

有些故事，发生在特定的年代，风过无痕却历久弥香。每次翻阅都会感觉或温暖，或悲悯，或感动，或忧伤。无论人类经济、科技如何发展，无论所处时代如何变化，世道从来如斯，人心自古如斯。对于过去，我们不能遗忘，正如这些带着老酒一样醇香的旧事，以久久不绝的回味，在深夜为你疗伤。

抢　粮

贫穷年月，为了吃饱肚子，曾上演过多少悲欢离合。

1960 年深秋，一股来自太平洋上空的温热气流，在北半球西北季风的劲吹之下，一路翻滚奔涌，愈聚愈密愈重，最后在中国关东上空遭遇强冷空气骤降暴雨。

铺天盖地的暴雨砸向距离齐齐哈尔八十公里外的野地，将

把命交给你

一支踽踽独行的人马冲得七零八落、东倒西歪。

我爷爷纪久成从半夜中惊醒，赤身裸体跳到泥地上伏耳静听，眼神中放射出前所未有的恐慌：屋子外比暴雨来得更猛烈的，将是一场彻头彻尾的灾难！

果然，纪久成刚刚撸上衣裤，屋门就被生锈的铁器胡乱地捅烂。瘦小的他霎时像跌进龙卷风里的一只苍蝇，被杂乱的人流席卷而出。

暴雨下，一个东北大汉摁住纪久成的肩膀低吼："我们来，啥意思没有，就是想借点粮吃！"

纪久成肩上吃痛，嘴巴哆嗦，两腿直抽。在他身后的农场粮仓里，正垛满了金山似的黄豆。可那是国粮！

冷雨浇得纪久成头昏眼花，霹雳骤然划亮他煞白的面颊。随后，一连串滚雷在半空中轰然爆炸！

我爷爷就是让这阵滚雷炸醒的。年仅十九岁的他是当夜农场里的唯一看粮人，他哪里见过这么大的场面？惊恐中他忽然开始想家，想他远在山东乡下的老母亲。

当然，也想起了老母亲常说的那句话——"张王李赵遍地刘，那都是些遍天底下的大姓"……

趁着雷声未停，纪久成抓起眼前的手臂就开始吆喝："哎！都来了啊？老张来了没有？老王来了没有？小李来了没有？还有小赵？老刘他没跟着一起来？……"

一统心虚地乱喝，出人意料的，竟有人用山东腔在远处回喊："他没来！"这句话，让人群一下子安静了。按在纪久成肩上的手松了，逼住他前胸后背的铁锨撤了。又是一道霹雳闪过，纪久成从众人脸上看到了一种明显的沮丧。

纪久成哪敢懈怠？他开始上蹿下跳，大声吆喝众人蔽雨歇息。"原来有老乡来了，赶了那么远的路，说什么我也得管顿饱饭！来来来，大家伙帮个忙，咱们把大铁锅架起来！"

早已有人等得不耐烦了，跑上来就跟纪久成搬锅、抬米、劈柴、烧火……偌大的农场粮仓屋檐下，人群"轰"得乱了。

纪久成趁着乱子，飞快地向着场部急蹿。

1960 年的雨夜，黑如浓墨，风如刀削。五六里远的路，纪久成在草甸子上摔成了一条泥鳅。

睡眼惺忪的场长一听汇报，吓得直把半个哈欠咽回肚子里去。"来了多少人？""少说七八十！""多出咱一半？什么人？""远近穷地方的，仗着有山东老乡！""你怎么跑了？""我煮了一百斤大米……""一百斤大米算个屁！你赶紧回去稳住他们，天一亮我就给你记功！"

纪久成除了场长强有力的许诺，再没得到任何援助。他很想让那个许诺实现，可他又比谁都明白：要想稳住那帮抢粮的，自己的小命就得搭进去！

纪久成冲回吃米的人群里尖声高叫："刚才我向领导汇报了，实在很对不住！场里二百多职工床铺都不够睡，没办法让大家住下，你们吃饱了往南走，不远就是三号农场了！"

吃饱喝足的人们没有立即回应纪久成，却也有人叮叮当当地收拾行李。纪久成殷勤地为其跑前跑后，手里头紧紧攥住湿漉漉的马缰绳。最后，人群终于开始稀里哗啦地拔锚。

那一夜，我爷爷纪久成一直攥着马缰绳，在大雨中将抢粮

把命交给你

大军送出了二十多里路。临分手时，天色渐白，冰冷的大雨虽丝毫未停，但他心里充满了一股火辣辣的幸福。

再往南走，的确有农场，这帮人不至于饿死。但是天亮了，谁都别想再乱来！纪久成深为自己的英明感到兴奋，回去时脚下像生了风，草甸子哗哗地向着身后倒退。

忽然，有人喊叫！纪久成转头回望，雪白的雨幕下追上来一撮黑影。纪久成好奇地迎上去，问是怎么回事。

来人站定了，大口喘着粗气，忽然手一抬就将铁锨狠狠插进了纪久成的大腿！纪久成的惨叫冲天而起，耳朵里却传进一阵熟悉的乡音："狗杂种你记住，这事可怪不得老乡我！"

栽　赃

复杂难辨的人心，经过岁月的淘洗，还是令人无法捉摸。

纪久成瘸后不久，就被农场发展了党员。

这在当时那批支边老乡中是唯一的特例。

接着，领导安排他到农场子弟学校守大门。

他兴致很高地就去了。

我爷爷纪久成这辈子，守了五十多年的各种大门，应该说还是有一定守门天赋的。

那座农场学校，他是仅有的两名党员之一。

另一名，是个姓付的校长。人长得浓眉大眼，身高马壮，满脸青胡茬子，来自大城市哈尔滨。用现在人的眼光看，那是相当酷！

爷爷特别喜欢付校长。

他没文化呀，天生望着这类人亲。

付校长三十五六，娶个当地很小的俊姑娘叫小杭。喜欢喝酒，逢喝必醉，醉了就喊我爷爷"小瘸子"。

爷爷虽不喜欢付校长喝酒，但他不说。有时别的老师议起来，他还常给付校长打打小埋伏。

付校长和我爷爷的关系很铁。伏校长常给爷爷捎吃的，小杭做的饭很香呐，爷爷吃得很恣。伏校长还常大会小会地表扬爷爷，说他人缘好、觉悟高。

有时候爷爷夜里巡校，付校长也跟着一起巡。

大冬天，付校长巡到女教师屋里，就把一双大手伸进人家的被窝里去。

我爷爷吓得够戗，有心提醒，付校长却大手一挥："暖暖手！最多碰碰脚丫子，咋的啦？没事！"

爷爷就觉得付校长这人吧，也好，也坏。优缺点都很明显。可俗话说：人无完人，金无足赤。付校长也还算不错了。

但是爷爷做梦也没想到：他会跟付校长突然成了死对头！

那年冬天，场校天井里屹立起好几座煤山。学校条件虽差，但场部供应了足够的煤炭。

把命交给你

　　那些煤炭，学校能烧三四个冬天。

　　一天晚上，爷爷下班去见老乡。回来，发现有座煤山缺了一角。大概有半铲车的量。

　　爷爷纳闷：走时还好好的，是谁一下子用了那么多煤？

　　爷爷一夜没睡。第二天一大早，公安特派员就来了。

　　爷爷说："我昨晚上就发现不对劲了，没来得及报案。"公安身后跟着的是付校长，付校长走上来突然指着爷爷的鼻子呵斥说："别装了！快说那几吨煤是不是你偷的？"

　　爷爷懵了。

　　"一直是你负责守门，现在煤少了你让我怎么跟学校交代？你敢说与你没关系？"

　　我爷爷鼻子直发酸，嘴巴颤抖着半句话也说不出来。

　　公安一走，他就像只困兽，拖着那条残腿在学校里乱窜。最后，要不是碰上一位女教师，恐怕早就用裤腰带把自己挂上房梁了。

　　女教师一见我爷爷，直截了当地问："还找呢？脑子不好使？煤让付校长送人情了！还找啥、查啥？"

　　我爷爷的头"嗡"的一下就炸了！这女教师他了解：心直口快，从不说假话。她那双大脚丫子就曾狠狠踹折过付校长的一根手指。

　　可这怎么可能！付校长跟自己是啥关系？无怨无仇不说，还亲如手足！他能干出那事，却冤枉自己？！

　　我爷爷百思不得其解，甚至痛苦地假设，那点煤要真是付校长处理的，哪怕来跟自己商量一下！又何必惊动公安？又何必来栽赃呢？！

可女教师说得有鼻子有眼。爷爷身上的血，终于咕嘟嘟地沸了。

第二天公安又来，当着所有人，爷爷忽然手指付校长喝问："你为什么给我栽赃？我哪里有对不起你的地方！"

付校长神色开始慌张："我没说是你，不正搞调查吗？"

爷爷绝望地质问："付校长，你回答我！明明是你干的，为什么要给你最亲的兄弟栽赃？！"

爷爷不知道哪来的劲头，转瞬间就变成了一挺机关枪，突突突一阵抢白，付校长就架不住了。

那时候公安破案比现在容易，看看脸色就明白了大概。将付校长带回去，事情很快水落石出：的确是付校长把煤送走的。但不是给了亲戚、朋友，而是送给了一家远道路过的穷人。

那家八口人——胳膊腿脚没有一个囫囵的，最小的一个小女孩儿，脚丫子都冻掉了。

付校长压根就不认识他们。

追缴赃物时，公安很是费了一番脑筋。

后来，爷爷还听说，付校长就连自己酗酒、摸脚丫子的事情也都交代了。从此被一撸到底，关了进去。

很多年以后，我奶奶每每谈起此事，问我爷爷："你说当年，老付怎么那么干呢？"

爷爷的头发全白了，总是不耐烦地打断奶奶："胡扯扯啥呢？谁是老付？……"

走　夜

人一旦绝望，哪怕救命稻草近在咫尺，也会选择放弃。

"大妹子，一定要住下！别走夜路！"纪久成忧心忡忡地说完这句话，手搭凉棚，天边正有一堆黑云俯冲而来。

"不，大哥，俺走！"姑娘咕咚咕咚喝完三碗白开水，不改初衷。

"你走不了，天黑路滑，马上就要下大暴雨，你怎么走？"

"大哥你行行好，送俺？"姑娘眼里闪出一丝火花。

"不行，我得看粮！"纪久成一口回绝。

在他身后，是关东农场里累累的公粮。

姑娘下腰背起包袱，朝纪久成深深地鞠上一躬，转身就走。

"大妹子，还有三十多里路呢，不能走夜路啊，有狼！"

"狼饿急了眼叼人哪！"

"你的鞋也全烂了！"

姑娘不答，兀自在茫茫的大草甸子上，走成一个黑点。

夜幕前的最后一点昏黄彻底湮灭了，半空中滚过几道闷雷。

纪久成一咬牙，抓起门后的门闩追出去，豆大的雨瓣开始噼噼啪啪地往下砸。

"大妹子！别走了，快回去！"纪久成扯住了姑娘的瘦肩，四周白花花的一片，什么都看不见。

姑娘劈手把门闩夺过去，大声吼了句什么，纪久成没听清，再去拉人时，门闩已经飞起来，重重地砍在半腰间。

纪久成哇哇地跳开，瞪大眼睛望着暴雨里疯癫的姑娘。那跟门闩被她舞得像根榔头，轰轰作响。

回到住处，纪久成边烤炉火边撩开上衣，半腰那儿，紫红一片。纪久成连吸几口凉气，想想那姑娘，将一根木柴狠狠捅进炉膛。

湿漉漉的衣服经火一烤，散发出难闻的汗臭。纪久成忽然想起了姑娘那双破胶鞋，那双露着脚指头的破烂补丁袜子。

还有那张脸，地地道道的山东老乡脸，以及脸底下那段细长的脖子。虽然全是泥和汗，但泥汗遮不住的是大姑娘咄咄逼人的气息。

漆黑的眼珠、倔强的鼻梁、胸膛前那对圆鼓鼓乳房……

纪久成坐在炉子边发傻发愣，脑子里全是姑娘扑朔不定的影子。

"大哥，给口水喝……"

"大妹子，自己来的？你去找什么人？"

"找俺哥。"

"你哥叫什么名字？"

"周明。"

"你呢？"

"俺姓李……"

"大妹子，千万别走了，夜里有狼！"

"不了，俺走！"

……

一点火星飞溅上肚皮，噗的一响，纪久成从椅子上弹起来。他惶惶不安地走到屋门口，将门拉开一道小缝，立即就被暴雨冲了个花脸。

场院外传来几声驴叫，纪久成忽然一阵哆嗦！

三个月前，他一个人巡夜时，就见从草甸子南边奔过来两只毛茸茸的大家伙！农场里从不养狗，那俩家伙尾巴老粗还夯拉着，是狼！

纪久成与两狼对峙，精神快要崩溃时，抡起了手中的门闩，俩狼掉头猛冲进驴槽，随后就有驴子的惨叫划破长空，凄凉至极。

那两只大驴都被狼咬断了脖子。脖子一断，身体忽腾一歪，骨头都被啃得支离破碎。

纪久成后背飕飕发凉，脑子里全是白天姑娘那根又细又长的脖子。一阵煞白的闪电划过，纪久成摘下席帽，低头冲进漫天的冷雨中。

这样的混帐天气，恐怕盗粮贼也不走夜！

纪久成一气昏天暗地地狂奔，精疲力尽时天却忽然放晴了。纪久成拼力蹬上一个斜坡眺视远处，澄澈的夜空下有一棵孤零零的大树。

大树下依稀有个单薄的身影在动！

纪久成兴奋地叫着喊着奔过去，逐渐看清楚了，正是那个走夜的姑娘！

姑娘对纪久成的呼喊置若罔闻，兀自在大树下簌簌地忙着什么。

纪久成终于气力虚脱，一头栽进泥水里。纪久成在泥水里艰难地翻个身，眼睛自上而下倒看着前方那棵大树。大树下，姑娘站直了身子，将头慢慢地伸向半空。

纪久成爆发出一阵撕心裂肺的嚎叫！他看见姑娘的影子一下子荡起来，像半空里一只系住了脖子的布口袋。

纪久成连滚带爬地向前扑去，却被什么重重绊倒。纪久成低头仔细一看，竟是一根门闩和一只被打碎了脑壳的狼！

滚 鸡

有些事物永远没有国界之分，比如爱。

说是滚鸡，其实滚的不是鸡。是一种本地人称作草山鸡的鸟儿。

天一立秋，那些家伙们就成群结队遮天盖日地朝着麻村南山扑落下来。而此时，以五奎为首的麻村人就开始坐在天井里拾掇鸡笼子了。

鸡笼当然是专为滚鸡用的。一色的嫩荆条编成，比一般鸟

把命交给你

笼大，和29寸彩电外型差不多，正上方拴一个铁丝吊钩，吊钩两侧是两个用柳条扎成的竹筷样的小门。小门仰天朝上，只一头用草绳系了，利用杠杆原理在下方坠两块碎砖头，名曰：坠石。这样，两面柳条小门就布成了两个陷阱。

草山鸡这玩意儿，花花离离，伶伶俐俐，个头如拳，叫声清越。一飞一大片，一落一大群。入秋时节来，过冬之前走，捉了来，用砍刀剁成碎肉，煎了、炒了，香味能飘散好几个山头。

草山鸡吃得挑剔，爱啄高大柿树上成熟的烘柿籽，也爱叼草棵里一种名叫滚珠的果子。滚珠藤像迎春，果子一结一簇，非常密集，一颗颗像坡里红透了的小草莓。如果哪年草山鸡来得早，树上的柿子尚未熟透，那这种红彤彤的滚珠就是草山鸡们最爱的美味了。

所以，五奎他们总喜欢采了滚珠系在鸡笼两面小门的内侧，专等草山鸡来啄。一旦它们扑扑啦啦从天而降，争先恐后地扑到笼门上来啄滚珠，那么两面小门就会"唰"地一声塌下去，将草山鸡们一个不剩地滚进笼子里！这时候，它们惊恐万状欲再做挣扎顶撞，却已无济于事，因为小门早已因坠石的拉力关得严严实实了。

当然，麻村人五奎捉草山鸡还有很多种方法，比如用网拉、用盆扣、用枪点，但时间一长，它们就惊了，上套儿的少了。

在麻村，五奎之所以是一个捉草山鸡的行家。原因是他脑子活，肯费心思琢磨，还舍得下工夫。五奎怎么捉呢？他通常在每年立秋之际，先用粘网拉住零星的几只草山鸡，再从这里面精选出一两只羽毛成旧砖墙色的，特别能跳、能叫的，当"鸟引子"。麻村人赶这类鸟叫"护子"。这护子一旦进笼，就像浑身生了刺，躁动不安，蹿跳不停，叫声也格外响亮，往往刚把它们放进笼子，天上云彩厚的草山鸡就扇棱着翅膀扑下来了。甚至，五奎还试过，不在笼子上放滚珠，单靠护子引，就能惹得草山鸡成群成片地下来就擒。

不忙时，五奎老婆也会搭把手，帮五奎用长竹竿将鸡笼挑上高高的柿树。而五奎则躺在草棵子里一睡就是大半晌。暖暖的秋阳盖在身上，就像一层绵软的毛毯。

麻村有 200 来户人家，按一半人家有鸡笼、每家 10 个算，那全村得有 2000 余个鸡笼子。如此一来，一整个秋天，麻村人要吃掉数以万计的草山鸡。

早几年，麻村人短菜。五奎家就专门拾掇了草山鸡腌起来，招待客人。甚至乡里来了人，听说草山鸡口味一绝，都要由乡干部领着进村找五奎去。五奎的脸上就很风光，赶上时节了，他还会提起鸡笼子现去山上滚活的回来下酒。

就在去年，乡里突然来了通知，说让麻村人去乡政府领钱。村人欢天喜地地去了。一问，才知道，钱是某个日本协会出的。日本方面说草山鸡系稀有鸟类，是属于日本国的，每年秋天南飞途径麻村南山作短停觅食，请村民们不要捕杀。

五奎第一个扭头走了。有领了钱的，回村即被五奎骂了个狗血淋头。五奎点划着那些人的鼻尖吼，狗屁！谁说草山鸡是属于日本的？领钱不是背叛祖宗吗？！被骂者恍然大悟，赶紧回去退了钱。

转年立秋，大群村民抗着竹竿、提着鸡笼再奔南山时，猛然发现队伍里少了五奎的身影。去约，又被骂个人仰马翻。五奎扯着沙哑的嗓子喊：连日本人都知道护鸟儿，咱还不懂吗？现在日子好了，眼看草山鸡也一年比一年少了，行行好，都回去把笼子挂起来，让它们安心在这儿安家落户吧！

村人哑然。年尾村委改选，五奎竟没费一枪一弹顺利当选。

五奎干村长，一改往日的邋遢懒散，而是作风正派，雷厉风行，切实尽力为村里干了不少实实在在的好事。走村串户的五奎，还有个经常爱到村人闲置的西屋里转转瞅瞅的习惯，一边指点着那些个蒙了厚尘的鸡笼，一边感叹着说，摘下来擦擦吧，扎这玩意儿不易，留着以后哄孩子玩嘛！

炸　狐

世间诸事必有因果，多做善事才能求得内心的安宁与平静。

雪下了一夜，风刮了半宿。

早上起来，屋檐下悬一串冰溜儿，满世界一片灿白。

天寒地冻，对猫在山旮旯里的麻村人五奎来说，正是出门炸狐的好日子。

要说五奎也不是不想窝在热炕头，和老婆通通腿儿、拉拉呱，或喜滋滋地咪溜着几盅地瓜干儿白酒解解乏。山里人累死累活了一年，也该歇歇了。

可五奎有五奎的盘算。

五奎要忙活着出门炸狐。

麻村北山，一到冬天，野狐成患，成群结队浩浩荡荡地翻山串岭。灰狐远看像蹿动的风暴，红狐像飞翔的火焰。冰天雪地，它们是着急出来觅食呢。五奎对它们足迹的熟悉，就好像看老婆手指头肚儿上的斗和簸萁。

五奎是村里公认的炸狐高手。

五奎之所以炸狐，这里头还有个小道道儿。

五奎乃村里有名的孝子，全村数爹年纪最大，一百零六了。故五奎每次喝酒必邀老爹一块儿，上就上最好的下酒肴儿，一喝三天整。爹年纪大了，唯一的爱好就是抿点儿小酒，或由一只很老很老的黑狗陪着到坡里地头转转走走。

爹在村里是个宝呢，五奎的下酒肴儿又怎么能简略？

在麻村，别人喝一天酒，兴许只就半小碟咸菜，或一半个炸得胡里胡气的小辣椒。甚至有传得更悬的，说谁在家喝酒，屋里没舍得掌灯，下酒菜是上顿剩下的半条蚂蚱腿。那人每喝一盅，捏起蚂蚱腿在嘴里舔一舔，愣是喝了半宿。下半夜，许是醉了，手一松，蚂蚱腿掉了，赶忙趴地上摸索，等摸着了也骂上了："狗日的还能叫你跑了？明天三顿还全指望你哩！"第二天，这人嘴唇乌黑泛紫，肿得如猪嘴巴子，老婆凑近盘子一瞅，吓坏了，男人舔了半宿的菜肴竟是条蜈蚣！

扯远了。

再说五奎的下酒肴儿：二荤三素。在麻村，小葱、香椿、桔梗三样儿素，只要人勤快，都能种得收得。而二荤，炒山鸡和炖狐肉却不是人人都有口福的。尤其是这狐狸肉，冬天尤肥，扒了皮毛，用砍刀剁巴剁巴，扔大锅里添足了柴煮，香味能把人魂儿都勾没了。

可毕竟捉狐得有绝活儿！

首先雪下三尺深的时候，五奎就早早下炕悄悄出门了。五奎是外出看道儿呢，看那些花里胡哨的狐狸们夜里走的哪条道儿？将那些梅花似的一枚枚小脚印牢记在心。

其次，五奎就开始把自己关在屋子里炮制那些"炸肉丸子"。五奎先是用氮肥和硝酸铵自搋成炸药，然后用桔梗叶一包，丢进冷却的肉汤里一滚，再捞出来，放到天井里，任其冻成一个女人拳头大小的"炸肉丸子"。

最后，等雪终于消停。五奎就带着这些肉丸子迈着大步上山了。众所周知，狐狸大都沿着固定的道儿道儿走，五奎就按牢记在心的狐迹撒下颗颗肉丸子。等这道工序完成了，就迅速掉头，脚印擩脚印地往回走。不是怕冷忙歇息，而是回到炕头上专心竖起耳朵来听动静。

有时候，一天夜里，满山遍野能响二三十炮。想那饿狐见了肉丸儿，就跟见了亲爹似的，扑上去张嘴就咬，结果就被炸飞了下巴。第二天，五奎自然收获颇丰。肩上扛的，手里拖的，全是沉甸甸的狐狸。

可也有时候，撒出去的肉丸子一颗颗见少，但响声却寥寥无几。这时候，五奎凭经验就知道是遇到老狐狸了，它们有的径直将肉丸子含在嘴里，却不撕咬，直到找块僻静处扒土埋掉了。但它们记性又出了奇的好，等来年哪天饿昏了头时，会再扒出来安全地吃掉。

甚至有时，狡猾的老狐狸一见附近有人迹即会望而却步，改道儿而行！慢慢的，五奎也就摸索出了在雪地上单步行走、掩埋脚印和在雪地里滚掷肉丸子。

总之人跟狐斗，最终人还是要远远胜出一筹的。

有一年，赶上荒年，麻村老少吃饭都极难。五奎在山上冒雪猫了三天，瞅准一只狐头，一心要炸趴它回来炖肉。

五奎雪后顺路撒下好几枚肉丸子，专心回家等动静。

结果第二天，就听见野坡里一阵爆响。五奎兴奋地赤脚蹿上山去，却发现咬了肉丸子的根本不是狐头，而竟是他们家的那只老黑！

老黑默默无闻跟了五奎爹大半辈子，没想到竟就这么去了。

说来也怪，五奎爹本来身子骨好好的，却因为老黑突然没了，一下卧床不起。没几天竟也撒手而去。临走，爹嘱咐五奎，让把他和老黑埋成块儿，路上好做个伴儿。

五奎流着热泪埋了老爹。自此便断了炸狐的念头。

扫　荒

乡间故事，虽有磨难，真情最美。

扫荒说白了就是逮蚂蚱。逮蚂蚱为何不叫逮蚂蚱而叫扫荒呢？这还得从麻村南坡疯长的油草说起。

麻村南坡，地势平缓，光照十足，每年遍地长起一种能漫人腰际的荒草，也叫油草。这种草秆细枝蔓，生得繁茂，长得密集，根茎浑黄饱满，又耐干旱、活力足，像能榨出黄油来的作物似的。麻村人最喜欢割了油草烧火做饭，旺啊！当然最神的，还是油草能"招"蚂蚱。

油草招来的当然也不是普通蚂蚱，而是油蚂蚱。油蚂蚱有人也误叫牛蚂蚱，其实无论怎么叫，人人都能仅从字面上看出这种蚂蚱一定是个儿大、肉多的美味来吧？

对了，油蚂蚱不只个儿大、肉多，而且外表青黄，喜欢油草而又跟油草相像，且不爱飞跳，十分难找。要逮油蚂蚱，不拿荆条或树枝把它们扫出来，怕很难逮到。这就好比钓鱼要提前"打窝子"，捉鸟要事先"下套子"，要逮油蚂蚱，就得先把它们扫出草棵子来才行。

所以在麻村，逮蚂蚱（其实是逮油蚂蚱），也叫扫荒。

"二狗子，干啥去？""扫荒嗫，逮它几个油蚂蚱下酒！"

"三叔，扫荒去吧，闲着也是闲着！""走，上南坡！"

"扫荒去哎！走哎！谁去晚了没有哎……"

你听，你听听，村里不时就有人吆三喝五地跑去南坡扫荒。那个年月穷呢，不像现在，蚂蚱被成碗成盘地端上酒桌，筷子都不怎么想动。那时候一人逮它十几个油蚂蚱用油草一穿，到家丢锅里使油一炸，那个酥啊、脆啊、香啊！你吃过吗？没有？那太遗憾啦。

过去，一到秋天，赶上好天，麻村男女老少都要去南坡忙活。男人刨药，女人割草，老人放牛放羊，娃子们满山乱跑。不过，所有人都能忙里偷闲扫它一阵儿荒，逮它几串蚂蚱。漫山遍野里，人语喧响，笑声起伏，简单而又快乐，繁忙而又充实。此情此景若是让一个写实主义画家亲眼目睹了，准能作出一幅热闹生动的好画来！

麻村扫荒时的故事，能有一箩筐，这里单讲五奎家里那个。五奎媳妇宝莲是从外村嫁过来的，可不容易。那时候谁家有闺女不愿往富裕的地方嫁？可五奎就有那个福分，生在穷地方，却赶集时认识个悄姑娘，一来二去，真就领回来了！

可麻村人也只羡慕了几天，宝莲的肚子老不见动静！在过去，这还了得？五奎脸上就挂不住了，就吵。甚至还动手打宝莲。幸亏宝莲性子好，只是偷偷躲在灶前抹眼泪。

有一天两人再去南坡。五奎刨药，宝莲割草，周围都是些活蹦乱跳的扫荒的光腚娃子。宝莲割着油草，听着娃子们的叫闹，心情渐渐沉重，竟觉得也有把镰刀在心底一刀刀地狠剜！宝莲眼泪就止不住地流了个痛快，眼前一片模糊，连油草根扎人钻心的疼也顾不得了。

把命交给你

突然，宝莲就看见镰刀底下猛得蹿出个大个儿的油蚂蚱！这油蚂蚱大得出奇，遍身青黄，饱满多肉，肚皮泛白，兀自在镰刀底下挣扎跳跃个不停，宝莲赶紧擦干眼泪，就手捉住了，起身去找五奎。

五奎也在扫荒，听见宝莲喊："哎，我逮了个大油蚂蚱！"迈腿就往这边来，却早有一群光腚娃子急猴猴地跑上来争抢。"看！"宝莲兴奋地举起油蚂蚱，一个娃子接去却立即"哇"地一声惨叫！宝莲摇头笑问："大吧？吓着了？"

五奎快步走到跟前，捏起大油蚂蚱细看，不料竟也"啊"地一声惨叫丢掉！径直拿两眼紧紧盯着宝莲。宝莲被盯得发毛，想问这是怎么了，一个大男人还怕蚂蚱？低头一看，这才发现，躺在地上的哪里是什么蚂蚱？竟是自己一根断掉的小拇指头！宝莲眼前一黑，就跌倒在地。

村人火速把宝莲送往乡卫生院，后又转院，无奈路太远，又不通车，虽经全力抢救，手指仍没能保住。醒来的宝莲却没觉得伤悲，还朝着五奎笑。五奎却在病床前捂头痛悔，大骂自己以前是混蛋！宝莲听着听着眼泪又落下来了。她忽然明白，五奎并不是不疼自己啊，他太想要孩子了！

可喜的是，这次住院并没白住，宝莲借机撺掇五奎一起查了体。结果两人都没啥事，就是五奎有点小炎症。医生说，好治。

五奎就治了，结果回村没俩月，宝莲竟有了！

宝莲生儿子那天，五奎又去南坡扫荒逮了蚂蚱回来。五奎对宝莲说："吃点油蚂蚱补补吧，小指他妈！"

宝莲乜了五奎一眼，笑了。

放　养

　　每个人童年都有与小动物接触的经历，有些动物需要孩子的陪伴和爱，有些却必须需要保持一段距离，否则只会留下伤痛的记忆。

　　山里头，别的不说，鸟多。

　　比如说"哑篮子"，这鸟飞得极高，高得只见一个点儿，可叫起来抑扬顿挫，能勾人魂儿；比如说"滴滴水子"，这鸟极小，只麻雀一半儿大，可叫声神奇，它"滴水、滴水"地叫，那就是要下雨，它"晴天、晴天"地叫，那离天晴就不远了；再说"黄毛篓子"，叫起来就更是如丝如簧，悦耳无双，恐怕要算是山里头长得最耐看、叫得最动听的鸟啦！它怎么叫？"黄毛篓子吃樱桃、黄毛篓子吃桑葚子"大体就是发这种音，长不长？好听不好听？尤其在春天，尤其刚下过雨，你若能在桑园里遇见几只黄毛篓子，听它们欢叫，说不定你都能长寿！

　　好了，就说那年。五奎十二岁那年。小孩儿爱玩、爱闹、爱蹊跷。有天跟着老爹上坡回家路过南福家时，突然拔不动腿了。老爹催几遍，仍是痴痴不动，老爹上去再一巴掌，直扇得他趔趄几脚，"哇"地放声哭出来。

　　爹问五奎："你丢了魂咋的？不快走！"五奎哭着说：

71

把命交给你

"鸟!"爹问:"什么鸟那么好看?"五奎用手指指南福家的院墙说:"黄毛篓子……"

爹就放眼望去。南福家的院墙很高,但屋子地势矮,窝在坡底下。爹这一望就望见南福老婆金花正捏了几只大油蚂蚱喂一只鸟。这鸟有瓷碗大小,浑身金黄,正乖乖蹲在院子里的一棵楂果树子上让金花喂。可不就是黄毛篓子?!

爹哈哈一笑说:"我心思是啥好鸟?不就是一只黄毛篓子!不稀罕!"五奎却喊:"爹,你快看,那鸟通人气儿!"爹再看去,果然那只黄毛篓子已经飞上半空,可当听到金花嘴里"车儿、车儿"地几声轻唤,又乖乖飞回来,落在了刚才的楂果子树上。

爹矍着眉说:"你要想吃楂果子那好办,我给你要去,想要那黄毛篓子,肯定没门儿!那是南福逮了哄新媳妇的!"五奎听了就很不高兴,他才不稀罕那种熟透了还发涩,必须得歪着脖子硬往下咽的楂果子呢,他就想要那只黄毛篓子!

爹见五奎继续发愣,天又擦黑,扭起五奎耳朵就把他拽回家去!

打这,五奎心里便有了那只能听懂人话的鸟。五奎曾多次趁爹高兴在他跟前哼哝着要,爹却呵斥:"胡闹!你当黄毛篓子好逮?老窝专挑细枝儿做,扎得有二三十米高,你想要?我还想要哩!下酒是好玩意,只可惜爹爬不动树喽……"五奎听得直掉眼泪,一边两个姐姐却许愿说,等哪天让她们遇上了,一定给五奎逮一只黄毛篓子喂!

可许愿终没实现，姐姐们都嫁走了，轻易不回来。等得到哪年哪月？五奎就偷偷跑去了南福家。金花向来最喜欢孩子，就问五奎："你真想要？你包准不养死了它？"五奎当即发下毒誓："谁养死它谁是王八！"于是，金花就让五奎站到院子里看着，她张开小嘴，两手一扩，又"车儿、车儿"地唤起来。

听到呼唤的那只黄毛篓子果然就不知从哪里飞回来！还径直落在了金花手上！金花一把攥住它，告诉五奎这鸟是俩月前被南福捉住养到现在的，养长了就能通人气儿！五奎千恩万谢地跑回家去。

可五奎万万没有想到，鸟拿回去，刚一张手，就"扑棱"一下飞到了院前的大柿子树上。任是怎么叫唤也不下来。五奎学金花扫荒，逮了不少油蚂蚱回来引它，可它只是声声断叫，根本不理！

五奎急得没法，只好蹑手蹑脚爬上树把它逮住。一想起毒誓，又只得呆呆给金花送了回去。

本来，五奎以为和黄毛篓子的缘分就到此为止了，谁想来年春天他和伙伴去北坡拾柴时，又在一棵大平柳树上发现了一窝黄毛篓子！别人都不敢上，可就五奎大着胆儿往上爬！树梢越来越细，晃晃悠悠，忽然，鸟窝里飞出了一只大个儿的黄毛篓子，来回在五奎身边扑打翅膀。大鸟被惹怒了！五奎后悔爬上来却又倒退不得，眨眼间就被大鸟啄了十几下，疼痛难忍。伙伴们都吓跑了，只剩下五奎绝望地喊着"娘啊！救命啊！"可深山旷野，谁又听得见呢？

把命交给你

　　五奎终于够到了鸟窝，用手指颤微地夹出一只幼鸟来，可随着"咔嚓"一声爆响，平柳树梢断裂，五奎被重重地摔在地上……

　　等五奎醒来，已是第二天清晨，奇怪竟没怎么受伤。五奎睁眼第一句话就问："我的黄毛篓子呢？"娘说："别提了，一直不吃食，大黄毛篓子也跟来了，从昨天到现在一直在柿子树上叫！"五奎望向窗外，果然就看到一只大黄毛篓子在细密的树枝间急叫："黄毛篓子吃樱桃、黄毛篓子吃桑葚子。"

　　五奎心忽然就软了，赶忙对娘喊："快放了小黄毛篓子！叫它娘也回去吧！"

　　五奎想，自己在最危险的时候想到的是娘，小黄毛篓子也一样啊！他不但要叫娘放了小黄毛篓子，还要上南福家去，瞒着金花把她的那只也要过来放掉！

　　金花站在天井里，"车儿、车儿"地一阵呼唤，黄毛篓子果然又从远处飞落到了楂果子树上。

　　可这一回，还没等金花和五奎反应过来，就忽然有一只大狸猫从树顶蹿下来叼住了它，飞快地逃远了。

借　鱼

如今看来芝麻大点的事，贫穷年月却能引发惊涛骇浪。

过去，村里穷。穷到啥程度？现在人恐怕想破头也想不出。打比方说，有人家好几个闺女都十八九了，却连件像样衣服也没有。谁要出门，得等，等先出门的人回来把衣服替换下才能穿上出去。出去了还得盘算着快回来，否则在家里苦等的姊妹们会着急，回来挨骂；有的人家则更窘，全家住在一两间小草棚里，简陋到了极点。这种草屋晴天还好说，一赶上下雨，外面大下，里面小下，整间屋里找不出几块干地方，夏天还好说，冬天一刮西北风，外面冰天雪地，屋里照样冷得赛冰窖。就是这样的屋子，村里还有好大一片。

这个村还特别偏。偏到啥程度？距县城少说也有一百多里山路，赶个集还得走上一天一夜！整个村窝憋在小山坳里，从山顶往下看，稀落的住户就像厕下的几排羊屎蛋子，而穿村流过的小溪就像一把撵羊鞭子。这片山坳也有个特点。远看像葫芦：上窄下宽，头顶两座山峰像要拥抱似的向对方靠拢，而下面的宽阔地，就是村子和几小片薄地了。多年过去，村里人渐渐习惯了单调枯燥的生活，自嘲时就给这地方杜撰了两句顺口溜："葫芦滩、葫芦滩，老鹰一来黑了天！"对了，这个村就叫"葫芦滩"。你想啊，老鹰一来翅膀就能遮住的地方，还能不偏？

以上说的是穿、住、行，接着说吃。这种地方还能吃啥？那年月，野菜挖没了，树叶撸光了，鱼虾也捞净了，人能混个半饱已相当不易。不过倒也没人饿死，靠着几亩薄地，二三十户人家婚丧嫁娶、生儿育女，多少年也就这么过来了。下面讲的这个五奎家算过得好的。五奎家里儿女少，俩闺女俩儿。大

把命交给你

儿已在葫芦滩成家立业，二儿还小，俩闺女却都有幸嫁到了山外。所以五奎日子算过得比较"宽裕"，除了勉强混饱肚子，还额外养了两只会下蛋的母鸡。

别看葫芦滩人少地偏，可民风古朴，人心纯善。但凡有外人来做买卖、走亲戚，村里人都当大事待，肯将平时的宝贝东西拿出来。那些走村串巷的生意人和老郎中、偶尔走亲戚的外村人，往往能被葫芦滩的热情和实诚所深深感动。于是干脆就把木箱里的货，赔本也或卖或换地给了村里人；就有郎中也常年不断到村里走走，免费给人们抓药治病；那些嫁出去的闺女也没忘本，还常喜欢带着外头的鲜货和夫婿一起回来小住几天。

那么葫芦滩用啥标准待客呢？肉，肯定没有；青菜，不过零星一点野菜；真正的"大件"是啥？是白磷鱼煎鸡蛋！那年月过来的人肯定都知道它，那真是一道香味能散好几个山头的佳肴啊！鸡蛋，是村人靠"屁股银行"下的，只有稀客来时才舍得打一两个；而"著名"的白鳞鱼，在葫芦滩算"国宝"了，是一个叫"豁牙子"的买卖人留在葫芦滩的。那年豁牙子做买卖经过村里，大病一场，幸亏靠秋生一家照顾，才死里逃生。豁牙子临走，就把那条裹在箱子底能咸掉人舌头的白鳞鱼留了下来。

从此以后，这条珍贵的白鳞鱼就频繁出入在葫芦滩的各家各户。谁家有客，都能到秋生家来借，借来放进锅里，打上鸡蛋，那种呛鼻的香味立时就弥散开来，能把人的舌头谗得没了弹性。秋生的确是个好人，他的大方让他名声大噪。客人们心照不宣地面带笑容，一面吃着煎在白鳞鱼旁边的鸡蛋，一面将秋生的美德传向遥远的山外。

那年的腊月初六，五奎二闺女婿带着兄弟"回三"（当地风俗：新婚第三天回娘家，坐上岗、喝敬酒）。五奎当然不能短礼，第一次去秋生家借了鱼来。要说这鱼真是条好鱼，家家户户用过不少回数了，竟皮毛无损，盐味也不减当初，放进锅里煎上鸡蛋更是色鲜味浓香得人丢魂！一桌人喝得差不多时，五奎小儿子跑进来缠着要吃菜。五奎一高兴就赏了一筷子煎鸡蛋。不料小孩嘴谗，还想吃鱼。五奎伸出巴掌，两眼一瞪，儿子"出溜"钻进了姐夫怀里，一个劲儿哼嘤。

说来新女婿也是深知这吃鱼的"道道儿"的，无奈已喝高了，又想在小舅子面前充大，当即就拿筷子撕下一大块鱼肉塞进了小孩嘴里。五奎眼看阻挡不及，头嗡的一下就炸了。这鱼可怎么还呀？！但又不好冲新女婿发作，只好拉过儿子来照腔就揍起了巴掌。不料儿子这一连串哭吓，突然脖子一梗，没了动静。众人围上，见是鱼刺把喉咙卡了！五奎娘就扯天叫唤起来，也巧了，哭声引来一位正在村里看病的老郎中。急忙给这孩子灌上一茶盅棘针草汁，又把孩子翻过身来推压后脊梁，只几下，孩子就"哇"地一声活转来了。原来这鱼刺最怕棘汁，一见就软，一吐就出。

孩子是救活了，可当夜五奎和老婆却犯了大愁！商量来商量去，只好忍痛送回一只母鸡去抵债。天一亮，五奎就去鸡窝里掏出一只个儿小的母鸡，正要捆绑，老婆却跑过来伸手就往鸡屁股里掏，硬是抠出了一把碎蛋皮来！可蛋皮是掏出来了，鸡却扑腾了几下闭了眼！难道能还人家一只死鸡吗？五奎把死鸡劈头盖脸地甩向老婆，满嘴骂着又把那只大个的母鸡掏了出来……

自这以后，五奎竟跟二女婿结下了仇，多年里都未再走动；而五奎也从此落了个坏名声，因为是他把全村唯——道好菜给毁了。至于那只鸡，它怎么可能补偿全村人的损失呢？

猪　血

一次惊心动魄的长途跋涉，一条亲人生命的突然消失，接下来会发生什么？又会给这个童年留下什么？只能是一场灾难……

那年，团子十二岁。突然想上四姑家去玩。娘不让。

正农忙，娘走不开。且四姑家住得远，隔着好几座大山。

团子就又哭又闹，缠个没完。娘这辈子生了四个闺女、一个儿，惟独最疼团子，也只好同意。临行前，千叮咛、万嘱咐，还给包上了俩窝头。

团子说：“再给包俩！”娘说：“俩你就吃不了。”团子嘴一撇：“吃不了我给我四姑吃！”

团子就背了四个窝头上路。说也怪，四十多里山路，眨眼就走了一半，团子不但不累，还一个劲唱。唱小呀嘛小二郎，背着个书包上学堂。

其实团子最厌上学，他那时最大愿望就是能天天和四姑在一起。说来，四姑家也没啥好玩的，孩子都大了，在坡里干活，家里头又穷，几人挤一张床睡，听说四姑父脾气还不好，动不动就打人。

但团子就是喜欢四姑。四姑每回回娘家，都给团子捎好东西。有时是几个窝头，有时是半包点心，有时是把木头手枪，有时还可能是只剪了翅膀的斑鸠。

四姑还喜欢摸着团子的头夸他。夸他几天不见又长个了、又漂亮了、写字又有进步了。团子很享受，每到这时，他就老往四姑怀里拱，拱得四姑呵呵笑，说这孩子不小了还想吃他四姑的奶哩！

团子也不害臊，谁叫他喜欢四姑！团子一路上边想着四姑的好边小跑，山路哗哗地向他身后倒退。

很快，团子就过了俞家梁，到了悬窝。悬窝是个小村，过了再翻一座山才是四姑家。团子就进村问路，不料一户门口猛得蹿出一条五大三粗的黑狗来，见人就扑！团子吓得抱头急蹿，一口气跑出几十米仍没躲过，被黑狗从后面"呜"地一声咬住了小腿肚子！团子舍了命地狂奔，裤腿都扯掉了一块。

等终于甩掉那狗，团子见小腿已被咬破，拉拉地淌血。可他没哭，还没到四姑家，得先憋着！再上路时，团子忽然发现窝头不见了，又急出了一身冷汗。

怎么办？团子狠下心就是被那畜生咬死也得回去找，四个窝头他走了大半天还没舍得闻闻呢。团子偷偷摸回悬窝，看见窝头包袱还在那户门前。蹑手蹑脚过去，刚提起包袱，狗又"唬"地一声从门里蹿出来了。团子紧抓包袱又跑，不料包袱露了，窝头撒了一地。

狗大概饿疯了，闻见味就住下腿，原地叼了"哇呜""哇呜"嚼起来。团子远远看着，手里就只剩下一张红包袱皮儿了。

终于到了四姑的村子，问个放羊的就直奔家门。可偏偏到这时候，团子却突然"生分"起来。他悄悄趴在门口瞅，见四姑和几个女人正在天井里扒花生，怎么也不好意思进门了。团子一停不停往里瞅，心里巴望着四姑能突然看见他，吃惊地迎出来，像接稀客一样把他热情地让进屋里。可四姑就只顾着拉呱和扒花生，根本就没注意到他。

团子终于沉不住气，故意咳嗽了一声，当即被四姑抬头望见，惊叫起来："这不是俺花树沟的侄子吗？嗨！你怎么来了！跟谁来的？"团子一下子跑进门，再也忍不住，扑进四姑怀里就嚎哭起来！

四姑不愧是四姑。一直把团子搂在怀里，摸他的头、夸他。团子则使劲把脸和眼泪鼻涕偎在四姑厚软的胸上。

娘们儿笑着告辞，都说："呦，家里来客了！晚上得好好伺候呀！"四姑高兴地说："那可是！一个小孩家走四十多里路来看他四姑，你们当是容易吗？"说完就给团子塞柿饼。

团子住了哭腔，吃着柿饼，心里还是委屈。尤其听到四姑说他走了四十多里山路时，他更想哭。他还没说被狗咬了呢，丢了四个窝头呢！

天不黑，四姑却开始忙活做饭。团子看得出四姑很欢迎自己，就一个人慢慢溜出院子。第一次来，他想好好看看这地方。

四姑家的烟筒汨汨地冒烟了，团子闻着真感到饿。拐过几家院墙，团子看见一个男人正在墙角卖猪血。那猪血紫红紫红的，一块块，盛在一个大铁盆子里。叫人看了直淌涎涎。

团子饿了，但他不谗，他想要是他有钱该多好！几毛也行。有钱就能买块猪血给四姑端回去，叫四姑高兴高兴，叫四姑夸他。可团子没钱，只管一个劲地淌涎涎。

男人见团子凑前就问："买猪血？"团子说："不买。""买块吧？香！""没带钱。""没钱？"男人笑了说："没钱回家要！要不就滚一边儿玩去，别挡买卖！"团子一听这话，不知怎么的就火了。他骂了男人一句，接着，突然伸手从铁盆里抓了块猪血就跑！

男人大怒，吼着骂着就追。团子舍了命蹿，快跑上四姑家对面的山梁时却再也没劲了，他回头看看呼哧呼哧追上来的男人，吓得脸色发白，干脆一腚坐下，等着挨顿死揍。然而令团子想不到的是，男人就在快要追上来时突然一下不见了！消失了！团子万分惊讶地四下里看，才发现，男人竟掉进了路边的

把命交给你

一眼机井里。

团子绕着走过去，头皮生地一下就炸了。那男人身子已胖得像块猪血，浮上了机井水面。

天黑严时，团子才揣着那半块早就压碎了的猪血回到四姑家。四姑一见团子当即就哭了，她骂团子："你上哪了？快吓死我了，叫我一顿好找！"见团子发呆，四姑又笑了，说："快洗洗手先吃饭！等你四姑父卖完猪血回来，有剩下的我还给你炖白菜吃！"

团子"哇"地一声，哭出来。

捎　信

传话会走样，可竟然出了人命，值得深思……

明子迈出地头，想找个阴凉处歇歇。大华子从远处树下抛过一句话来。

"啥时候回村儿？替我捎个信儿！"

"咋着？"

"你到刘才门口时跟他说声，下午傍黑时我叫翠叶去给他送锄头！"大华子远远举起手中的锄头晃晃说。

翠叶是大华子的新媳妇，水灵得冒泡！明子笑笑，爽快地应了："都老把势了，连锄头也现借！你咋搞的？"

大华子有点烦："坏好几天了，没抽出空来拾掇！"

明子抬头望了望天上雪白的日头，抹把汗，很粗野地骂了声娘就转身往村里去了。大华子不忘朝这边又喊了句："别忘了捎信儿！一定捎到啊！"

明子就势在地垄边拔根稻草，横进嘴里嚼叭着应："放你一万个心吧！不就一把烂锄头吗？"

明子焉了吧唧往回走，山坡上蹿过一拨拨的光腚孩子，明子忽然眼睛一亮，喊住跑在最前面的一个嚷嚷："秋愣子！那五块钱你啥时候还我？多少天了！"

秋愣子听有人叫，猛一个趔趄摔地上了，嘴一歪："明子哥，我现在没钱，要不我粘知了卖了再还给你？"

明子上去一把扯起秋愣子："还想抵赖？当初咋说的咪？不行，今天非得还钱！我急等着使！"

秋愣子说："那我回家上我姐那儿给你拿去！""不耍赖？""耍赖是王八！""好！"明子就放秋愣子回村儿了。秋愣子临走，明子又嘱咐他说："我也去粘点知了下酒，你回家见刘才时跟他说声，翠叶晚上给他送锄头去！别忘了！"

秋愣子答应一声，就像蚂蚱似的飞没在长丛中了。

秋愣子一口气奔回村儿里，他姐毛红正在村头小卖部里买红糖，秋愣子对姐撒谎："姐，借我五块钱，我有急事，莲子摔下坡把腿饯坏了，等着钱去医务室治哩！"莲子是毛红小叔子家的孩子，毛红一听就掏出钱来给了秋愣子，让他赶紧回医务室帮忙。

把命交给你

　　秋愣子对姐说："你别忘了见刘才时跟他说，翠叶晚上上他家。千万别忘了！"

　　毛红答应了往家里走，路过刘旺盛家门口时就对正在槐树下纳鞋底的旺盛他老婆说："哎，忘了个事儿呢！翠叶说晚上来刘才家玩呢，刘才家那口子不在家是吧？呵呵，一定你跟刘才说声，叫他务须在家等着啊！"

　　刘才是旺盛老婆的大伯头子，素来关系暧昧，她一听连忙问："翠叶来家做啥？还晚上来？不知道他老婆柳眉比母狼还凶吗！"

　　毛红就很有深意地笑了，笑完了就扭着腚得意地走了。

　　刘旺盛老婆一边纳闷就一边心思，正巧见男人推着木车子家来了，就说："你说这叫什么事啊？翠叶这死妮子非趁嫂子不在家叫哥哥晚上在家等着她来！"

　　刘旺盛过去追求过翠叶，听完娘们的话劈头盖脸就熊："他俩人的关系我早就看出来了！没个数！""你去跟你哥说，我不捎这个信儿。""你听谁说的？""秋愣子他姐啊！""哦，毛红？她平时不扒瞎话，假不了！"

　　刘旺盛吃了顿迟到的午饭，刚一出门就遇见了刘才媳妇柳眉，刘旺盛问："你晚上不在家？"柳眉说："准备上栓子家串门去，有事儿啊？"

　　刘旺盛考虑再三还是和柳眉摊了牌："人家叫我给大哥捎个信儿！你千万别声张也别生气啊，要不我不和你说了！""啥事你说！我生啥气啊？""说是晚上等你走了，刘才叫翠叶在河边子上约会，你说那么晚了俩人待成块儿能办啥事？！"　"啊？！真的？"

柳眉愣住了，眼泪也扑簌簌地往地下砸，细牙咬着薄薄的嘴唇儿骂："这个不要脸的骚狐狸精！我偏不中她的计！要是叫我逮住她我非扒了她的皮不行！"

柳眉恨恨地走了。晚上，她就注意留心刘才的举动。刘才照例要去菜园那头的柱子家打牌的，一出门就叫柳眉跟上了。

柳眉夜里不熟悉地形，刚进菜园就扑通跌进了粪池，浑身恶臭闻不得，眼睁睁地看着刘才甩下她，消失在了前方小树林的夜色里。

柳眉回家越想越气越想越窝囊，浑身恶臭直想恶心，又想两口子混了大半辈子好不容易还清帐，日子开始舒坦了，男人竟然这样野心！柳眉一急一乍，居然就在房梁上悬了腰带，吐了舌头！

刘才夜里不早才朦朦胧胧回家，打开门一见柳眉死尸高悬居然连惊带吓地疯了！

第二天，公安局来调查柳眉死因时第一个先传讯了翠叶。

翠叶说："吃过晚饭天一傍黑我就去了刘才家不假，但他家没人、没亮灯，我就把锄头扔进他们家院子里了。"

另一间屋子里，大华子说的也一样："我和翠叶一起去刘才家还锄头，他家没人，我们把锄头扔进院儿里了！怪了，白天我还让明子给他捎信儿叫他等着……"

多大点事

当信任荡然无存，当怀疑漫天横飞，悲剧一定会接踵而至。哪怕导致这一切发生的仅仅是芝麻大点的小事。

事儿不大，丢了只猫。

两口子满村找，当娘的直蹦高。

猫是只狸猫，是娘整天揣在怀里的伴儿。没了它，睡不着觉。

娘就指着对门王槐的屋脊哭，我眼看它蹿进去了，怎么就是找不着？你们要是孝顺，就去给我问问！

儿子王树要去，被媳妇芦苇横腰拦住。咱可不去！猫是不是他藏了咱又没证据，你不知道那人脾气？王树越想越气，只得半夜里揣把斧子，将王槐果园里一棵7年生的苹果树砍歪了。

王槐脾气在麻村是出了名的不叫人喜，赛过爆竹，一点就着。40多岁娶了个瘫子，多亏几棵苹果树维持生计。树倒了，能不挣命？可几天过去，王树没见王槐"发疯"，倒是眼见瘫子拽回大抱的苹果树枝来烧火做饭。

不久，王树就听说村西头王柳家的果树被人砍倒了5棵，连树枝都没剩下。王树两口子心里雪亮，但都没吱声。

一星期后，王椿的苹果树就倒了7棵，王桐的歪了10棵，王松丢了5棵，王杨损失最大，一下子少了20棵！20棵是个啥概念啊？在靠种果树糊口的麻村好比塌天大祸！王杨的娘们春喜一时想不开，竟自个儿躲进柴房灌了农药。

村子一下陷入了悲痛和惶恐，但果树被毁的灾风却越演越烈。有个叫王桦的，被人砍了3棵果树，和老婆左思右想，推断是王椴干的！可王桦并没去王椴家报复，而是一连砍翻了跟王椴有仇的王杆家的10棵果树！一来二去，全村彻底乱了套，果树嗖嗖见少。最后，连王树家的35棵苹果树，也被什么人一晚上砍了个精光！

有人开始日夜看护果园，可事态早已无法控制。一天夜里，守园的王柏刚想熄灯睡觉，果园里就冲进来一伙五大三粗用毛巾遮脸的壮汉，他们公然当着王柏的面呼哧呼哧砍树，不消一袋烟工夫，就将65棵苹果树全都放趴了窝。

王柏瞪着血红的眼珠子想抓个人问问，自己究竟跟这些人有啥仇？不料有人抬脚就将他踹翻，吼了声"谁也别想活！"就撒腿蹿了。王柏被踹得老眼昏花，觉得那人像极了屋后的王桑，可他又不敢确定。

全村最后还剩果树的是王柏家，他最后的5棵苹果树是他自己动手砍烂的。那个日光雪白的晌午，王柏边砍树还边对自己老婆羽花狂吼，操，自己的树还是趁早自己砍了划算！

就这样，麻村远近闻名的花果山变成了臭名远扬的和尚头。

村里狗撕猫咬的治安案件也频频高发挤成了堆儿。不知哪个报了警，村人竟又起哄呼啦啦围住了公路，将警车掀了个四脚朝天！

把命交给你

县里大惊。立刻派人整理瘫痪的村班子。麻村人毁了果树，参政意识也严重不足了，愣是没人愿意出头！又派工作组，还是白费。村民穷疯了，觉悟也没了，啥都不配合了。

于是麻村人外出打工，男的干建筑、搞维修，女的当保姆、做小姐。村子一下空了。

这年夏天，王树在建筑工地上被倒塌的墙头活活砸死，当娘的知道了一口气没上来就过去了。芦苇某天赶集回来，见村人叫着喊着都往村尾跑，她也跟着跑到机井边，却眼见儿子小宝肿得像块面包浮出了水面。芦苇死去活来好些回，改嫁给了本村一个鳏夫。

鳏夫再娶媳妇，恣得整天合不拢嘴，带着芦苇到处串远门。临回家时，芦苇随手将带回的几棵樱桃苗席进地里，从此不管不顾，也再没见人破坏，几年间10几棵树蓬蓬隆隆起来，竟结满了压弯枝头的乌克兰大樱桃。由于品种稀罕，芦苇家赶了几趟县城集就收入近万元！

村人原本可怜芦苇，这下开始眼红、巴结芦苇。芦苇干脆和男人贩起了樱桃树苗子。芦苇家发了，麻村人也有了新盼头。

打工的回来了，保姆们辞职了，小姐们洗手了。麻村人靠着以前的种树经验种樱桃，密密麻麻的树林又起来了，哪家哪户有个小仇小恨小摩擦的也不再糟蹋树了。几年扑扑棱棱下来，竟在全县开创了一个农业产业化调整致富的新典型！

芦苇男人就当上了村长，还平生头一回地穿上了西装！那天两口子要拾掇拾掇去城里补套结婚照。等芦苇化好了妆问男人，好看不好看？男人撇撇嘴说，能不好看？脸画得跟只大狸猫似的！

芦苇当场就瓷住了，气得直吐。她就像是忽然想起了什么一样，扯起哑嗓子死命吼着男人的名字：王槐！你再敢给我胡说八道小心我撕烂你的狗嘴！

王槐天大冤枉似地问，说你像猫咋的了？多大点事！

枪声远去

有恩不图报，抵死不求人。这是尊严，还是悲哀？

1943 年春天，枪声如雨漫过胡家围子南坡。

鬼子烧杀抢掠，一路开进了鲁中腹地。

路子仁正在家中转移最后一袋粮食，忽听门外有橐橐的敲门声。路子仁将老婆孩子推进地窖，手里攥紧了铁叉。

"谁？"

"是我！抗联老李，李忠勤。老乡，快开开门！"

路子仁扒着门缝瞧见一个血头血脸的大汉，腰里别着匣子枪，正急切地左顾右盼。

赶紧敞门，将来人放进屋内。

"怎么搞的？"

"别提了，日他奶奶，被鬼子冲散迷迷糊糊跑到这儿了。

把命交给你

哎，老乡，这是啥村？"

"胡家围子！还没吃饭吧？"路子仁说完掀去地上的破席盖子，赶着女人做饭。

女人喜春见老李受伤，忙从袄袖里扯出一团破棉絮上前给老李止血。喜春怀里始终吊着小围女，这个娃才三岁半，灰头土脸地睡着。

老李大口吞咽着到手的窝头，问："鬼子来了，怎么还不撤？"

路子仁瞅着两个小娃和病恹恹的老婆，愁得直叹气。他问老李："你那口子哩？"老李突然哽咽了。"唉，冲散了，谁知道是死是活？"

枪声愈紧。路子仁只好把所有窝头都留给老李，带着家人向后山撤去。

李忠勤在路家躲了两天，伤势渐愈。等悄然摸出屋子，却见村里四处烧着大火，晾场上堆满了尸体。这其中，李忠勤竟发现了喜春！她被活活割掉双乳，刺烂了下阴。

李忠勤悲痛欲绝，等撤进胡家围子后山，却意外见到了日思夜挂的老婆王桂莲，两人死死抱成一团！忽然，王桂莲转过身，手指着身边的路子仁，失声痛嚎起来。

原来，鬼子杀进胡家围子，把部分村民和王桂莲包围了。鬼子骑着大马端着机关枪吆喝，只要交出女八路，其他人统统的放走！

没有人交。尽管人们一搭眼就知道谁是谁。

愤怒的鬼子拔出军刀，强行将男女老少分离，并叫嚷着谁家女人让丈夫亲自来领。结果，王桂莲泪如泉涌地说："路兄弟他领了我！却把妹子留下了！我正要往外冲，鬼子的机枪就响了，妹子死得好惨……"

李忠勤听得心惊肉跳，噗通一声跪下就要磕头，却被路子仁一把抱住，互相抱在一起大放悲声……

一晃，三十年过去了。路子仁的俩娃已长大成人，儿子叫路光明，女儿叫路红霞。名字都是当年路子仁和老李夫妇分别时，由李忠勤起的。

李忠勤说，我和老王没孩子，他们就是我们的娃。如果还能活着出去，日后必有我们相见的那一天！

三十年后的路家仍然穷得经常断炊。俩娃三十好几了，还打着光棍儿。谁又愿意把闺女嫁到胡家围子这种穷旮旯里来呢？

这一年，路子仁躺在床上眼见就饿死了。路光明忽然哭着跑进家里问："爹，听人说你认识军队的一个大干部叫李忠勤？还救过人家命？去找他啊，咱没活路了！"

路子仁躺在床上，用极微弱的话音回答："放屁！别听人胡嚼舌头，什么天熬不过去？"儿子听爹说得坚决，只得放弃幻想，拉起妹妹外出要饭去了。

那段天杀的日子不知饿死了多少人，路家竟真得熬了下来。等光景慢慢好转，一天村喇叭里突然爆出了惊天新闻：军队的一个大领导要来胡家围子！

这个领导就是李忠勤。当年的王桂莲，如今也已经是一名干部。在那间破草屋里的木头床前，三双手紧紧地握在了一起。

把命交给你

整个胡家围子沸腾了。

随后，就有人嫁给了路光明，尽管是个瘸子，可路家很知足。路红霞也有了人家，且一生就是九个娃。

但是很快，路光明就因为故意杀人罪被逮捕入狱，原因是有人在野地里强暴瘸子，遭到拒绝后竟将其按进水里活活淹死！路光明血气上涌，拿刀捅死了凶手。

路红霞几乎哭瞎了双眼，要爹给李忠勤发封电报，让领导来救哥哥一命。他罪不该死！可路子仁像是彻底聋了，一直静静躺在床上，片语未发，老泪横流。

路光明被枪毙后的第二年，路红霞咬碎一颗牙齿用身子给领队送了礼，可终究还是因为超龄没能被县城招工，她男人却在放羊时滚下崖去摔成了一滩烂泥。一群嗷嗷待哺的娃子眼见只能送人，路红霞再去求爹。给爹磕破了头，血流如注，可路子仁依然一语未发，无动于衷。

倒是又过了几年，李忠勤的一个养子，据说是名正厅级干部来到了胡家围子，逢人便打听路子仁家，听说路子仁已于前年去世，就按原路返回了北京。

掩 埋

和平是无数先辈用无数难以想象的残酷的流血和牺牲换来的，请珍惜和平、热爱和平。

县志里，发生在沂蒙山腹地的那次战斗，只有短短一行字："是夜，日军集结三千余人经沂水店北犯，我军民奋起阻击。激战，毙伤日伪两百余人。"

事实上，那次战斗除了打得异常激烈，还相当凄惨。

据黄老回忆，那天夜里，他们与日军三次交火。第一次为节省弹药，打得保守，敌人冲到跟前才开枪，结果丢了阵地。第二次，双方都红了眼，部队上到营长，下至班长，基本都打光了。到第三次交火前，他们只剩下了十二个人。

不能再退了，后方正在突围。黄老当时任副班长，他命令部队迅速向"奶奶顶"转移，把鬼子牢牢拖住。

可没想到，他们刚到山顶，令黄老感到恐怖和绝望的事情发生了。

鬼子根本没追上来，反而撤退了。

应该说不是撤退，而是他们进攻的方式改变了。

霎那间，黄老头顶传来一声声怪兽般的啸叫，刺目的光束随即划破浓稠的夜幕，炮弹就像急雨一样扑落下来。

整个山顶被密集的炮火覆盖、包裹、涤荡。狂轰乱炸中，黄老只觉得砂石横飞、血肉喷溅、天地倒悬、白昼错乱。整个世界像燃烧的地狱，直至死寂一片。

不知过了多久，黄老奇迹般地醒来。天上正下着雨，周身遍地狼藉。黄老发现，除了自己，其余人已全部壮烈牺牲。

黄老稍一挪动，感觉身体就像裂开了一样，肚子上有条裂缝，仍血流不止。

原来，日军已打扫过战场。丧心病狂的鬼子见拖住他们的只有十几个人，气急败坏，唯恐人没死透，又在身上补了刺刀。

黄老明白，下山找大部队是不可能了。用不了多久，也许几分钟后，他也会死在山顶的这片乱石中。

可他不想等死，开始像条即将僵硬的虫子，艰难地蠕动。

他心里升腾起一个愿望：再看看死去的战友，如果有可能，给他们收尸！

此后过程，漫长得像是一生。那种痛苦，无法用语言形容。据黄老回忆，他也不知道爬了几天几夜，才终于在战场上找齐了牺牲的战友。然后，也不知道哪来的力气，竟把尸体一一拢在了一起。

那些尸体，大都已残缺不全，有的甚至开始腐烂。可黄老像疯了一样四处摸寻，将遗失的残肢一件件找回。

最后，一个意外让黄老感到匪夷所思：在那些尸体旁，竟然多出了一件残肢。

那是一条几乎从腹股沟处就被整个炸掉的大腿，结实消瘦，像截弯曲的铁棍，又像被生生折断的树杈，露着白色的骨头，外表除了皮肤已被烧焦，大体还算完整。这条腿是属于谁的呢？

此前，黄老先后找到过十几件残肢，有头、胳膊、手，甚至耳朵、眼球，也有大腿。但凭记忆和尸体残缺，他已经将那些残肢一一归位。毕竟，他与战友们朝夕相处，不可能搞错。

退一万步讲，即使搞错了，也不可能凭空多出一条大腿来。

黄老百思不得其解，世上没有人长着三条腿。如果说这是鬼子的腿更不可能，山顶根本没有发生肉搏，对方不会被砍下一条大腿。或者说，鬼子更不可能让一个重伤员上山，然后把他的大腿丢在这里。

多出的大腿，究竟是谁的呢？

黄老以为自己会死在山顶，可命运却让他活了下来。不但活了下来，而且还活到了现在，成为了一名百岁老人。

大半个世纪后，陆续有年轻人来看望黄老，听黄老讲那些过去的故事。偶尔，黄老也会谈起那次战斗。年轻人听后，总有人笑着提醒黄老：

"您是不是当时被炸懵了，出现了幻觉，那条大腿不就是您自己的吗？"

黄老听了，总是摇摇头。一开始，还矢口否认。后来，干脆无动于衷了。就连那次战斗，也很少再去提及。

当年，黄老再次苏醒是在部队医院中。这次醒来，黄老嗷嗷大哭，他发现自己的两条大腿，已经被齐齐截肢。他成了一个没有腿脚的瘫子。

等哭够了，躺在病床上，黄老忽然想起了"奶奶顶"上的那只大腿。那只大腿，会不会就是他自己的呢？想到这，黄老一把拽住身旁的一名军医问："大夫，我的两条大腿呢？"

军医转过身，满脸都是汗水加好奇："我说孩子，你这是第五次转院，谁知道你在哪儿截的肢？保住命就不错了，还要什么大腿！"

黄老想，是，没错。可山上的那条大腿，究竟是谁的呢？

真相，已经被永远掩埋了。

1989 年，6 月 23 日

经历时间淘洗，苦难也会变成乐观悲悯的回忆。

1989 年，6 月 23 日。陶四方一辈子忘不了的时间。

当时高考临近，村里陶四方的小表五叔陶克言为跳龙门，受不了家里乱，见天晚上往陶四方的瓜棚里钻。

陶四方很高兴。其实他比陶克言还大两岁，但一天书没念。小五叔的到来不但打破了看瓜的孤单，而且使他觉得有机会跟文化沾了点边儿。陶四方满心欢喜地端着猎枪，为陶克言放哨站岗。

陶克言与陶四方约法三章：一不能说话，打扰念书；二不能吃瓜，分散精力；三不能喊他，耽误时间。特别是最后一条，陶克言一再强调："不管是谁，谁让你喊我都不行，我谁也不见！死也不见！"陶四方听完努努嘴笑了，说："看你说的，都知道念书是大事，谁还能深更半夜地非来找你不行？你放心，凡是来找你的，不管是人是鬼，是蛇是刺猬，我统统给你赶跑！"

陶四方家的瓜田紧靠路边，以前老丢瓜。陶四方夜里偏偏又老犯困，一到下半夜就往篾席上歪，而瓜往往都是这时候丢的。陶克言一来陶四方也精神了不少，总是端着他爹那把老猎枪，不停在地里头转。

1989 年 6 月 23 日那天晚上如期而至。那天晚上天像下了火，到处滚热。陶四方浑身就穿一条裤衩却还是热起了痱子，最后忍无可忍去地里头挑了个大瓜，一掌劈成两半，自己先吃了个大概，尔后端着另一半去给陶克言送。

"克言，快吃块沙瓤西瓜解解渴吧！"陶四方边走边朝瓜棚喊。哪料陶克言毫不客气地吼道："你吃饱了撑的？不是不让吃瓜吗？不长记性！……"

按辈分，陶克言说也说得，可陶四方热脸贴了个冷屁股，又赶上天热，心底也蹿起了火。不过陶四方到底忍住了，毕竟吃西瓜和考大学比，算个球呀？

陶四方吃了闭门羹，气咻咻回到地里，将手里的半块西瓜一下子撇出老远！然后在瓜蔓里躺下来，胡思乱想。

忽然，陶四方听到紧临瓜田的池塘里很不正常。以往，池塘蛤蟆怪叫连天，可此时刚一开叫，池塘里就"咚"地一声响！蛤蟆们立即就都哑了。陶四方猛然来了精神，攥着枪，悄悄摸向池塘。

陶四方很快就紧张起来！池塘一侧的芦苇荡里肯定藏着人，而且还可能不只一个。正是那里有人不停地向池塘里扔着石头。这肯定是偷瓜贼在试探瓜田里有没有狗！

想到这里，陶四方牙根都恨得发痒。陶四方的爹前几年就跟偷瓜贼干过！只可惜那帮外地贼人数太多，竟把陶老爹捆起来毒打，最后还当着他的面把瓜田踩得稀巴烂！

陶老爹伤虽好了，但陶四方再也没让他出来看瓜。他为爹手中有枪不开，狠狠吵了一架！

把命交给你

陶四方的后背飕飕地窜凉。他小心翼翼迂回到那片芦苇荡，不敢贸然进入，只平空大喊一声："狗贼，滚出来！"喊声未落，陶四方只觉眼前一花，一条黑影已"唰"地一声迎面擦过，向着瓜田深处急逃。

陶四方边追边喊："停下！快停下！我开枪了！"对方越跑越快，似乎还边回过头来看，这时候陶四方手里的枪响了。

等陶四方气喘吁吁奔到前面，发现扑倒在地的人刚刚把脸转过来。不是什么外地人，是个女人！是村里的韩明艳！俊秀的韩明艳一只右眼被打成了血窟窿，汩汩地向外喷血。

陶四方转头就向瓜棚狼一样地嚎开了。

陶克言闻声跑出来，只看了地上的韩明艳一眼，就昏死当场……

事后，陶四方重新回到瓜棚时才发现：陶克言丢下的书本里，密密麻麻画满了一个人。这个人的双眼活像两汪滋滋的清泉。

他一下子醒转：原来韩明艳暗地里打蛤蟆，是帮助陶克言念书哇！

多年以后，陶四方仍觉得 1989 年 6 月 23 日那夜的惊心动魄。但一直打着光棍的他，早已不害怕再碰到陶克言和韩明艳了。虽然陶克言每次见面都骂他"瞎了眼"和"雷劈的"，骂他毁了一个大学生外加老婆韩明艳的一只眼。但是骂完了，三个人还能坐到一张桌子上去喝酒。

喝着喝着，陶四方就高了，就大着舌头冲着韩明艳唱："你打蛤蟆来（哪个）我打你眼，一女（不寻思）摊了俩好男，半个大学尽够使（使不了），高粱（小）酒再来它二担儿……"唱的是歪腔变调的山东梆子。

屋子里地动山摇。韩明艳没坏掉的一只眼里都是笑。

第三辑　红尘情事

　　红尘万丈，有多少光怪陆离的情感故事上演。当影视剧里精心布置的桥段都无法超越现实生活的离奇，当新闻事件一次次挑战人们内心承载的底线，阅读这样的红尘情事却仿佛一下找回了当初的自己。因为坦诚，因为乐观，因为纯善，因为爱。写不尽的是爱，读不完的是爱，最精彩的也只能是爱。

乡村凉拌

将乡村爱情写成一盘爽口的凉拌菜，奇哉、妙哉、美哉！

　　撒一把围棋子在黄土地上什么样，那群在腊月河滩里啃食枯草的羊只就什么样。

　　它们低着头，近看像泥塑。三三两两，围住那个驼背老头。

　　老头头顶旧毡帽，两鬓如霜雪染，静坐如一块礁石。忽然一挥手，牛皮鞭子"啪啪"蹿响，空气里便飘起干草与羊粪的清香。

这定是你在乡间腊月，时常能见到的画面。是不是像盘山野菜？带给你一种久违的清鲜。

让我们，再加把葱花。

于是，两个女孩儿翩然出现。她们一高一矮，一红一绿，背冲圆滚滚的夕阳追逐嬉戏。忽然，就悄然伫立，像两株娇嫩的麦芽儿，用鲜白小手偷捡了石子，远远掷向背对的老头。

老头转过身，见她们喳喳地跑散，满脸褶子"哗啦"一下，花儿般开绽！

再来头蒜。

让那个灰头土脸的男孩儿，像匹野马冲进我们的视线。他一出场，就尘嚣飞扬、嘶声震天，搅乱了整个河滩。他用厚厚的棉鞋底儿，"嘣嘣"地跺着冰面，急得那放羊老头挥着牛皮鞭，橐橐向这边飞赶！

撒把芝麻粉。

她们俩，从小一起长大，好比邻里的姊妹花；他是老汉的独孙苗儿，出了名的天不怕地不怕！

三只不安分的小羊，日夜蹦达在驼背老头的身旁。

他们过家家。他做爹，姐做娘，妹妹当闺女。采来藜蒿蕨菜鱼腥草，花椒薄荷马齿苋，将小家日子过得红红火火。

他们在冬闲的麦场里疯跑，在悬冰的屋檐下蹦高，钻进秫秸垛里睡觉，爬上光杆柿树掏雀儿；时常在一个天井里吃饭，一个火炕上通腿儿，藏在破败的墙头下、缩进屋后的小树林里

把命交给你

嬉嬉笑笑闹闹偷偷地亲嘴巴……

他们像地垄里的玉米，嗖嗖地拔节。

该倒醋了。

他和姐姐高出妹妹两年级，一个班级学习，关系越来越密。渐渐，他和姐姐开始形影不离，直到考去乡里念中学，两人私下里发誓：一定要发奋考上大学，将来结婚成个家！

搋点香油。

于是，活村上下都知道，他和姐姐不但功课好，而且长得山清水秀早晚是一家。妹妹每回见着他们，更是大老远用手指刮鼻尖羞他俩：

"小两口儿，不害臊，

起大早，睡大觉！"

姐姐立刻羞得狠命去追，他则箭步如飞跑出十几里路，悄悄躲进玉米地，专等姐姐路过时唬她一跳！

她就再攥了拳头追他，他就在玉米地里奔窜。

他们摔倒在地，笑得上气不接下气。随后，就蓦然停下，互相对望，眼神渐渐迷离。

就在两张唇，将要合二为一时，她却忽然睁开了眼，紧紧攥住他的手说：不行！

为啥？他急了。就一下，还不行？

她说：不行就不行！好好念书，我给你留着……

最后，放盐。

那个高考前夜，窗外电闪雷鸣。他忽然浑身湿透了找到她说，村里捎信儿来了，爷爷死在了荞麦田里，他得马上赶回去！

她惊慌失措，一下子哭出来：你快去快回！我等着你！

他狠狠剜了她一眼，边跑边回过头在雨雾里喊，你好好考，我去去就回！

第二天，她发现他根本就没来考试。她一考完就发疯地往回赶，到了村口才听说：原来他失去的不仅是爷爷，而是全家人。

那个雷雨夜，狂风刮倒了高压线，赶羊回来的爷爷被当场电死，之后便是他陆续找来的爹和娘！她求他再去考一次，她等着他！他推开她说，别犯傻！我复读，你先去上！

她哭成了泪人，把自己深埋在他胸前。

她考去了北京，暑假回来，却得知他已外出打工，杳无音信。

拿筷子，拌一拌。

她留在了城里。住楼房，开汽车，说普通话。童年早像那片干涸的河滩，很少再有波光激滟。

有一年，她回老家小住。临走，她忽从车窗里看到两个人。他，和她昔年的邻家妹妹，正并肩挑着粪篓往家赶。

她看见他依然宽厚的光背脊梁，日头下黝黝的泛亮。她看见妹妹的脸上，分明有幸福的笑容荡漾。他们一齐走向她，越来越近。她却忽然踩响了油门。

CD 机里，就有山歌开始流溢：

"叫一声哥哥哎，你走得慢一点，

妹妹还在山这边，

叫一声哥哥哎，你等一等俺，

妹妹累了走不多远……"

哦，差点忘了加芥末——

她的眼泪就下来了。

爱恨同眠

矛盾冲突节节攀升鼓胀，突然之间轰然炸裂，尺牍之间人生爱恨情仇尽在其中，堪称绝品。

父亲的死，对戴暄来说，简直是场塌天大祸。

那年冬天，他才十四岁。突然就被人从课堂上拉走，去医院见父亲的最后一面。

父亲五官模糊，满脸血污，正躺在冰冷的手术台上，肢体已经僵硬。

戴暄完全懵了，望着哭得死去活来的母亲，感觉就像在做梦。他一动不动地望着眼前这一切，突然一转身，狠狠跑掉了。

直到父亲下葬，戴暄都没有流下一滴眼泪。

他来不及。他还有太多太多的话想对父亲说。可是，已经永远没有机会了。

那个轧死父亲的男人名叫司长勇，是县柴油机厂的大货司机。从此以后，戴暄永远记住了这个名字。

他把这个名字，深深刻在墙角、地面、石碑、树干，以及所有他能默默发呆的地方。

他目光日渐黯然，成绩一落千丈。放学后再也不四处游逛，而是把自己一个人关进屋子里，忘我地玩一种投掷飞镖的游戏。

在那个塑料镖靶中心，有一个名字很快千疮百孔。

后来，戴暄只勉强考取了一所技术中专。毕业后，径直去了对口的县柴油机厂。这样，戴暄和司长勇就成了同事。

事情过去了好几年，知道内幕的人已经不多。但戴暄和司长勇内心里却永远有着隔膜。司长勇竭力回避与戴暄打交道，而戴暄却常故意创造机会与司长勇发生接触。

戴暄发现，因为当年的事故，司长勇早已不再开车，快五十岁的时候死了老伴，一个人干着全厂又脏又累的装卸。

可戴暄丝毫不感到宽慰，一想起惨死的父亲，他仍觉得气血翻涌。

戴暄还发现，司长勇极少参加酒场。即使参加，也总是沉默寡言，滴酒不沾。

每当这时，戴暄总会让自己喝得酩酊大醉，一边回忆着父亲的音容，一边用血红的眼睛瞪着身边那个当年酒后杀人的凶手。

两个人的较量，犹如黑暗中的潮汐，永无消停。

再后来厂子效益不行了，产品积压过剩，发工资像大便解干。同城一家机械厂前来挖人，戴暄凭技术是能跳走的，可临行前他突然放弃了。他忽然想到，如果他走了，司长勇岂非可以长舒一口气了？

接着，是已经走出阴霾的母亲劝慰戴暄：把你父亲的事放下吧？你也该找个人过日子了。

把命交给你

戴暄听后冷冷地望着母亲，说：你要嫁人就嫁，别不尊重我爸爸！

母亲无言以对，反复地叹气。不久，就嫁给了一个厨师。戴暄对此并不反对，但是一次都没有迈进过那个新家。

其实有人正暗恋着戴暄，一个名叫申玫的女同事对他就格外好。他工作时眼睛发干，她塞给他两支眼药水；一听出他感冒，她半夜跑出去给他买药；他来不及吃早饭，她早已为他准备好了饼干……

戴暄感到无所适从。十多年来，在他内心深处，除了惨死的父亲，就只有那个肇事的凶手！然而，他又发现这是个自幼失去父母，纯善而又孱弱的姑娘，一股柔情不禁油然而升。他忽然觉得母亲说得很对，是该找个人过日子了。只不过，他绝不可能忘记父亲！

一天夜里，戴暄下班，正遇上一伙流氓调戏妇女。戴暄血气上涌冲上去，混战中竟打跑了那些混蛋，只是手臂被刀划破了。女孩感动地搀着他去医院包扎，第二天一早，就找到了厂里。

女孩很漂亮，但戴暄不喜欢。戴暄如实坦白，自己有女朋友。可女孩坚决并不放弃，亲自跑去找申玫谈判，并且给戴暄写了一封长长的情书。

戴暄觉得女孩实在无聊，但当他打开那封信时却结结实实地惊呆了。

女孩名叫司艳艳，竟是司长勇的独生女。

戴暄整整一夜没睡。第二天，他开始了与司艳艳的正式约会。一个月后，戴暄把司艳艳变成了真正的女人，并且带着她来到父亲坟旁，讲述了那个十多年前的事故。

司艳艳越听脸色越白，最后一头扎进戴暄的怀里放声大哭！戴暄把司艳艳狠狠推开去，大声怒吼：选我还是选你爸？现在就回答……

司艳艳嫁给戴暄整整半年，就从没见戴暄笑过。

那天戴暄一到家却大笑不止，司艳艳好奇地问，戴暄满嘴酒气地回答：今天是申玫结婚大喜的日子，你知道她嫁给了谁吗？

司艳艳满脸迷惑，她当然不知道，她只是看见戴暄的眼睛里，泪如雨下。

纯爱的丝缕

含蓄内敛以及包容的爱，往往才是最深最真最刻骨铭心的爱。

那时侯，他刚刚接手班级，就有学生偷笑他的莽撞。他总是在上课铃响后，才恍然发觉忘记带图纸、试管，或是药剂，急得满头大汗。

他姓毛，同学们叫他"毛毛虫"。他听了，从来不恼，微微一笑，憨厚大度，开朗英俊。惹得好多女孩子一边说着他的坏话，一边情不自禁地失态……

把命交给你

他的课上得异常精彩。战火味道消失了，紧巴巴的空气舒缓了，气氛从来没有过的活泼，人与人之间，一下子出现了大面积的和谐。不单繁复陈冗的试剂、分子式被他讲得妙趣横生，诗词歌赋经棋书画竟也能张口即来。还有时事、地理、武术……在同学们眼里，几乎没有年轻的他不晓得的。大片大片和蔼的阳光、纯洁无瑕的白云和一朵朵五颜六色的花草飞进教室。于是，"毛毛虫"的课堂成为了校园里的"经典"。

他是个有心人，注意到自己的大意，通常是由同一个默默无闻的女生抢先弥补。她——

她，长得太美了。美得年轻的他，竟一时找不到合适的词来形容。像樱花般娴静？像荷花般秀雅？像菊花般清傲？像桂花般珍稀？像海棠般炙烈？像兰花般低语？像茶花般深沉？……

都不是。他自己也不知道她应该像什么，就算一切美好的事物中都有她的影子吧？

他的出色和英俊果然就招致了风波。

有哪个女孩子不喜欢他呢？信件、卡片、风车、千指鹤、小小糖块、点心，一切能在女孩子们手里嘴里出现的东西统统都出现在他的抽屉里。往往，课还没上，讲台上就摆满了好吃的和各式各色的信笺……他也恍然，内心激荡不已。好久才稳住阵脚，渐渐融入到他的世界里，任飞扬跋扈的才情来涤荡一切的一切……

闲时，打开那些信。蹦跳出五颜六色的字迹和那些形形色色的脸。他看得一会儿笑，一会皱眉毛，一会儿大摇着头。

其实——他的心还是被一次次狠狠地揪起。

是她！

那个连自己也不知道该怎么表扬赞颂的女孩子。

令他想象不到的是，那么文静清傲的她，信，写得最多；卡片，寄得最美；偷放点心糖果的人里，也时时处处有她！

尤其她的信，不依不饶。甚至在他佯装瞪眼发火令大多数女孩望而止步的时候，来得更凶。更加炽烈、更加执着、更加浩淼无边。

他拿她没有办法。每次放学，他都用忧郁的眼神悄悄送走她失望的背影。

然后，亮一夜的灯。

有一天。是夏天来了。校园里的芙蓉树上到处绽放着粉红色的小伞。她鼓足勇气走到他面前。

"毛老师，您知道那芙蓉树上散落的是什么吗？"

他想也没想，说："是美丽的芙蓉花呀。"

"不！"她说："那上面密密麻麻吊满了毛毛虫！"

他刚要笑，却听她哽咽着说："是毛毛虫用心，一点一点吐出的丝缕……无处不在的思念的丝缕！……"

他张大了嘴巴，惊讶地不知该说什么才好。

不敢对视她汪满泪水的眼眸。

她咬着薄薄的嘴唇颤抖着逼问他："毛老师，您看到了么？您懂不懂？！……"

他硬了口气道："不懂！"

然后模糊地看她，渐渐跑远。

几声雷过，战火燃烧了整个六月、七月……

几声燕呢，岁月更迭了数个两年、三年……

再次见她，他有些不敢相信了。她坐的是进口车，穿的是名牌衣，连笑容都是一幅赛春图，时时处处溢满了幸福。而他，却成了校友会上一个令人侧目的反面"经典"。

"有什么啊？年轻时挑花了眼，运过了头，至今还是一个人过呢！"……

她听了，和众人一起笑，开怀大笑。笑得美丽的脊背在太阳底下弯成了弓形。

她们放肆地呼喊着"毛毛虫"的外号，将酒进行到深夜。

深夜。待人群散尽，他才颤巍巍地取出那些他熬了几千个暗夜，用心、用思念和血，凝成的文字。

一柱青烟，缭绕迂回，散了，淡了……

那些空气中轻舞飞扬的纯爱的丝缕。

跨越时空的爱恋

半世纪前的遗憾，成就半世纪后的姻缘。归根结底情缘源自善良和纯洁的心灵。

吴芬收到一封信。

打开一看，傻了，竟是封地道的情书。

"那日街头，最是难忘。天气太凉，遇见面，却如穿了皮袄。世间怎会有那样一个你呢？"

这封信，既简约，又浪漫，而且纸张竟还带了香味的。会是谁呢？谁这么多情？谁又这么无聊？吴芬笑笑，将信弃之一边。她实在太忙了。工作让她焦头烂额，无暇他顾，别说是一张莫名其妙的短笺，就是火辣辣的鲜花攻势她也未必会让自己心动。

可是，信笺还是一封接一封地来了。

"叶落知秋，你是否见到那片凋零的落叶？我在窗子里凝望，回忆你美丽的容颜和那个逝去的秋天。"

"杨花落尽子规啼，闻道龙标过五溪，我寄愁心与明月，随君直到夜郎西。你果真要走吗？我思念着你。"

文字，一如先前的凝练与婉约。如溪水里洗过，月光里浸过，微风中拂过。竟让吴芬的心头当真漾起一阵涟漪。

看来，此人绝不简单。文字里有意境，心里面有深情。该是个极富涵养、气度不凡的男子。是谁？吴芬陷入沉思。圈里圈外，并没有这样的男人呀。

这些信来址不详、没有邮戳，字迹是打印的，径直寄到筒子楼二零六来。这里楼虽破，但门号清晰。不会错投。

吴芬感觉不可思议，立即留心所有的熟人，没有发现任何目标。

吴芬是去年冬天搬过来的。此前房主是位小伙子，跳槽走了。吴芬一直是一个人在寂寞而忙碌地生活着。

于是吴芬叮嘱门卫老赵，要他下次一定稳住送信人。她有

把命交给你

急事找他面谈。

可下一次，老赵没能留住来人。老赵说，没办法，这次是个孩子，把信丢下就跑。我怎么喊他都不听。

吴芬苦笑着摇头，打开信笺。"月台并不拥挤，可我滑了一脚，摔了。这次回来，独独没有你。我躺在床上，思念像默哀的海。"

吴芬揣起信，默默走回屋子，无心做饭，却枕着冷月睡了。

终有一天，老赵的蹲守有了收获。他把一个三十几岁的秃顶男人殷勤地领到吴芬面前。吴芬问，是你寄来的信？男人两手一摊说，不管我的事，是梅梅让捎过来的。

梅梅？

是我们家隔壁一个腿有残疾的女孩儿，她知道我岳父住在附近，托我把信送来。

男人一副无辜的样子走了。老赵也在吴芬的感谢声里乐滋滋地回了屋。吴芬一个人骑车，辗转找到了城南街的梅梅。这女孩儿要远比她想象中的大。

我该叫你姐姐吧？吴芬开门见山。听说你一直在给我寄信？

不是。梅梅坐在轮椅上仰头回答，是我哥让我打印好，再托人捎给你的。我相信他不会伤害任何人，他是个好人。

吴芬说，姐姐你别误会，我想见见你哥。

梅梅笑笑说你真漂亮，就打起了电话。很快，一两轿车鸟样的飞落门前，一个穿笔挺西装和羊毛衫的高大男人快步走了进来。

你好，我叫梅冬！男人向吴芬自我介绍说。

吴芬问，是你在给我寄信？梅冬说，是。

可我们并不认识。

我不认识的人就更多了。梅冬说，但我要坚持把信寄完。

你究竟什么意思？吴芬再问。

你听我解释好吗？信的确是我让梅梅寄的，但信里内容却并非出自我手。

我一直和妹妹相依为命。十年前，梅梅因为一段感情离家出走，我发疯地找她。最后发现她趴在野外的一棵大树下睡着了。而在树下，她竟给自己挖了一个深坑……

我把她背回家，说服她不要再沉溺过去，与我共同创业。那次找她，我还从树下带回了一个她挖出的旧陶罐，小心揭开蜡封，结果发现，里面有厚厚一摞信笺，而且竟然写于四十多年以前！在陶罐里，还有两块金条。我就是靠着它们起步才拥有了今天！

可这跟我有什么关系呢？吴芬疑惑地问。

有啊。梅冬接着说，陶罐的主人每时每刻都想把信笺邮寄到筒子楼的二零六号。在他的信里，你住的地方原来该是所大学的校舍吧？

吴芬恍然大悟，但又有些嘴硬。沧海桑田，人事变迁，事情过去了那么久，你为什么还要把信寄给我呢？

梅冬说，对不起，也许是我打扰了你的生活。但我和妹妹毕竟是靠先人的资助才有了今天。我想帮他完成那个未完的梦想！

把命交给你

听到这里，吴芬有些释然了。她也在想，那个人，真得是位才情横溢、多愁善感的傻瓜啊，他一直暗恋着她，为何不勇敢地说出来？

梅冬告诉她，是时代最终导致了他们的错别。那就是半个世纪以前最典型的暗恋结局。

梅冬还告诉她，信笺按季节，只在每个秋天寄出，而她是多年里那么多人中唯一来寻找答案的人。

也许你是唯一一个被信笺打动的人。

吴芬听了，直想摇头否定。可她一抬头，与梅冬坚毅的目光相对视，又忽地笑了。她看见秋日的阳光哗哗地在男人脸上流淌，让他看起来既沧桑又俊朗。

旧　识

生活的戏剧性就在于捉弄人，无论当年是什么样子，如今大都无可奈何花落去，面目全非事事休。

回老家探亲，遇到旧时熟人，大街上便扯谈起来。

往事重提，分外感慨。

"你还记得申燕吗？她怎么样了？"我显得有点急切。

"她？咳，刚刚死了父亲！急性脑血栓，突然就那么没了……"

"啊？"

乍一听到申燕父亲去世的噩耗我惊呆了！怎么会这样？申燕！她……

转念一想，我即刻否定了此条消息的准确性，"这一定是谬传！不可能！那不可能……"

记忆中申燕的父亲是个精力非常旺盛的人那。

熟人说："千真万确，不然你可以去问问，葬礼我都参加了。"

我猛地上前一步，情不自禁拽住熟人的袖筒问道："那申燕呢？她怎么样？"

"那天她几次哭得不醒人事，在场的人看了没有不流泪的，咳，你不知道更糟糕的还在后面呢……"熟人越往下说我越心惊肉跳。

"还有什么？什么更糟糕的？"我夯住熟人的肩膀猛烈地摇晃，"谁？申燕？究竟怎么了！"

熟人并不急于挣扎似乎也陷入了沉痛地讲述当中："申燕她因为极度悲痛外加突然受到惊吓，早产了，一个男孩儿，愣没保住。"

啊？申燕，申燕！我在心里不停地呼唤着这个熟悉而又陌生的名字，我的心乱成一把杂草，疼痛得几近痉挛。

申燕曾经是我最爱的一个女孩，她漂亮温柔，聪明贤惠，知书达礼，那年若不是我心比天高硬要独自出门闯荡世界，她极有可能已经成为我的妻子了。

当年那个夜晚，朔风凛冽，雨雪纷飞，申燕紧紧抱住我的

把命交给你

腰求我不要走，要走就带她一起走！我激动地拉着她的手奔去火车站，然而申燕中途停下了，再也不肯挪动半步。火车马上开启了，我焦急地逼问她为什么？究竟怎么了？申燕忍着泪咬着嘴唇告诉我说："我走了我爸爸谁来管啊？他怎么办？他怎么办……"

我流着眼泪摇头，外面精彩绚丽的世界时刻撩拨着我急迫轻狂的心。我记得是我亲手将申燕用力推开去，眼见她狠狠跌倒在地，我猛转身跑远了。

时间真是个魔鬼。车祸很早就夺走了申燕的母亲，而我的自私和轻率又那么早从她身边夺走了我，现在病魔夺走了申燕的父亲，悲痛竟又夺走了申燕的孩子……

不知怎的，听了熟人说的这些话我总有种重如千钧的愧疚压在心里，憋闷得难受，似乎喘不上气来，濒临窒息。

"申燕现在没事吧？身体怎么样？是不是我们一起去看看她？"我抑郁地说。

"好啊，你想去看就去吧，她这时候是最需要关心和问候的。"熟人挣脱开我的手，两手在上下口袋里摸索烟。

我见状赶紧递上一支烟，点上。"一起吧？我好不容易回来一次，你陪我去一趟。"

"好。"

"你看什么时间比较合适？你来定？"

"行，明后天都行。"

"那明天。我大后天的机票。"

"好。"

　　临走，熟人又叫住我，提醒我一句："对了，申燕在医院里查出了传染性肺结核，你去的时候小心点。"

　　我心里"咯噔"紧了一下，但随后说："没事，我注意点就是。"

　　当然，我和熟人翌日就见到了申燕。不过我们不是去的医院，而是直奔申燕她家。

　　门是开着的，穿过樱花曳落的芳草庭院，我一眼就看见美丽富态的申燕正端坐在客厅沙发里喂孩子吃奶。

　　申燕不便起身，用点头和笑意的眼神欢迎我的到来。那一刻里，我忽然发觉申燕在我心里再也不是从前那个样子了。申燕的位置一下没了，我的愧疚和回忆统统没了。

　　申燕莞尔一笑说，快给客人倒茶啊。

　　这边，熟人响亮地"哎"了一声。

旧日余香

原本只是恶作剧，却无意中改变了两颗幼稚的心。待到瓜熟蒂落时，却又阴差阳错地失去，这就是青春。

　　高三那年，我忽然爱上了写诗。那段日子，我满怀豪情地以为，自己是那种随便一写就能成名成腕儿的人物。至少写几篇东西在市报上发发总没问题吧？于是等我把几篇"分量"极

把命交给你

重的作品寄给几家报社后，就开始了迫不及待地守望。我几乎天天跑到校收发室里查看信件。哪怕他们给我来一封热情洋溢的退稿信呢？我想。可没有，什么都没有。我的那群青春小鸟从此一去不回头。

面对堆积如山与我无关的信笺，我渐渐无地自容又恼羞成怒。我开始不再从家里偷烟给收发室的老头儿，开始当着他的面骂很嫩的粗话，摔打他那把破旧的暖壶，甚至我还扬言，谁要下季度还敢订那几家报纸的话，我就扎破他们的自行车胎！

一个人要做起文学梦来，那大概不折腾个半死不活是不会善罢甘休的。挫败使我不再挑灯夜战，而是把写作地点改成了课堂自习。有一次，我绝对不是瞎吹，在政治测试时我在最后一道问答题的空白处写就了一篇激情四射的科幻小说，名字叫做《四大星球》，人物皆用真名实姓。只可惜试卷留白太少，即使用完了反面，我仍是没能写完最后的结局。结果三天后的政治课上，我们柔弱的女政治老师，竟然当着全班六十五名学生的面嘤嘤地哭了起来。她说我们班里出现了建校以来最大的奇闻！随后，她即命我走上讲台，手持试卷将这篇小说向全班同学高声朗诵一遍。我见事不妙，坚持不读，却见她气得花枝乱抖。而当我无奈地投入地读起来后，她却再也控制不住情绪，大哭着跑出了教室。

我的成绩一落千丈。全家惊慌。而我却仍旧沉浸在自以为是的作家梦中，啸傲文坛，横扬跋扈。我仍旧执着地往校收发室跑。

那个夏天的守望终于迎来了意想不到的收获。有一天，我在信堆里竟发现了一封写给我们班长杜平的信！信封上的字歪歪扭扭，像遭了风吹，统统偏向一个方位。关键信皮右下方的地址居然是我们班级！奇怪啊？会是谁给自己班的同学写信呢？我把信紧紧握在手心里，偷出来，飞跑到操场里悄悄打开了它。这其间，我充满了自责和愧疚，感觉像做贼，但我又实在按捺不住那些活蹦乱跳的好奇和多疑。

信，真的是一个女生写来的！我的直觉一点都没错。但令我吃惊的是，写信人根本是班里一个很不起眼的女生。外号叫"豆芽"。她成绩一般、长相一般、身体瘦极，平日里沉默寡言，怎么看也不像是"那种人"呀——看得出，她在暗恋班长！

我不只觉得惊讶而且觉得不服。凭什么豆芽只暗恋班长呢？班长又有哪里比我强呢？尽管我根本不喜欢豆芽！

说来也怪，此后很多个夜晚当我反复揣摩那封月朦胧鸟朦胧的信时，都有一股股酸流涌遍了全身。

我决定给豆芽写信！信不署名。但我把所有的文学才华都倾注在了这个恶作剧上。我惊奇地发现，豆芽很快就变了一个人。她会微笑了，嘴角露出那弯浅浅的月牙时，竟很好看！甚至一个周末，豆芽从老家回来，竟破天荒地穿了一件连衣裙！

我清晰地记得，在我写完第八封情信的时候，我喜欢上了豆芽。这是多么的不可思忆！可我就像中了蛊，经常盯着豆芽消瘦的背影出神，迫切想看到她的一举一动。我发现她的眼睛原来是那么明亮，腿是那样修长，刘海是那样俊秀……每每她情不自禁地颔首微笑，都像在我阴郁的心间划亮了一根火柴……我想我的信她全都读到了，她喜欢那些水粼粼的诗句和热辣辣的抒情。她也一定深深地爱上我了！

　　更叫绝的，我每一封信几乎都让豆芽成绩提升一个台阶！眼看我的成绩举步唯艰，她反而一举冲进了班里的前十五名。有一次，我俩居然考了并列第十名！能和日新月异的豆芽并列真让我兴奋！我当时就想，要是我们俩能考中同一所大学该多好啊！到那时，我就向她勇敢地表白，请她原谅我善意的过错。我们一定要手牵手做一对真正的恋人！

　　高考"唰"的一声就结束了。我和豆芽都考上了大学，班长还进了名牌。不过，我还未来得及高兴就获知了一条十分不幸的消息。我沮丧极了！想死的念头都产生过好几次。那简直就是我一生当中最黑暗的日子了。大一暑假，我和班长在母校篮球场上邂逅。很快，豆芽也来了，她远远站在场外，冲班长挥挥手，班长扔掉篮球，跑上去一把将她抱起来！我看到这时的豆芽已经蓄起了长发，美得如画中仙子。

柳　笛

爱会犯错，有一些错，无需深究，权当来过、经过、爱过、哭过。

　　春色正浓。会议，在一家景色秀美的度假山庄举行。

　　女孩儿们三天前就开始筹备了。从服装、餐具、桌椅、饭菜，到床单、枕巾、洗漱用品、通讯设施。

时时精心布置，用尽心思，以迎接那队来访的客人。

是个笔会。要来几十名作家。宾馆中有好些位女孩儿就是读着他们的作品长大的呢！她们个个儿彤红的脸蛋儿，高挑的身材，统一着装，怀揣心跳，急于一睹那些著名作家的风采。

柳笛最幸运了，就因为平时爱看几本文学读物，就被经理安排在前台，负责来宾咨询和接待。

柳笛简直是在姐妹们艳羡的目光里走向前台的，那感觉，很模特儿。很幸福。

客人们陆续到了。柳笛始终绯红着面颊，轻声回答着问询，摆动起柳枝一样纤柔的腰身将他们款款引进客房。

她见到了长发披肩的男子，衣饰前卫的女士，气宇轩昂的老者，英姿飞扬的少年。他们相互快乐地寒暄，爽朗地微笑，投入地交谈，使山庄空气里也处处弥漫了一股书香墨浓的气味。

柳笛穿梭于会场斟茶倒水，听作家们高谈纵论，那些陌生而又令人肃然起敬的话题，竟让她心里也时时澎湃着激流。

会议间隙，作家们散步、游览、联欢，柳笛则忙着换洗床单，不停奔忙于各个房间。她惊讶地发现，随便哪个作家的床铺上都杂乱地铺排着手机、手提包，还有砖头厚的著作。

柳笛痴痴望着，常常陷入了幻想。

柳笛依稀听人说过："写小说的人都是情圣！"柳笛的脸，腾地一下红了。她想起了这几天梦里常常见到的那个人。

把命交给你

那个她一见钟情的年轻作家。

他健康、英俊、浑身充满阳光，谈吐幽默而风趣，歌声深情又动听。柳笛从登记薄中查到他的名字，原来他就是那个经常在报端挥洒风花雪月的人呀！

怎么办？柳笛的心，好乱。

也许人就是有默契和感应的。那天深夜，楼廊已鲜有行人。年轻作家走出房门，径直来到吧台前说："来一杯红酒好吗？我想喝一杯。"

目光是真纯的，诚挚的，又是深沉的。辉映着莹莹的蓝，波漾着晶晶的亮。

柳笛心中慌乱又幸福。就在她倒酒的时候，忽然又听他压低了声音说："小姐，有句话不知该讲不该讲？"柳笛心中一惊，还未来得及反映，又听他说："通过这几天观察，我发现，你是这座山庄里最美丽的女孩儿……"

说完他将手中红酒一倾而尽，冲极度紧张的柳笛笑笑。转身去了。

柳笛就一个人站在吧台里，失态地看他一步步走远，手中还紧攥着那只温热的酒杯。

从这天开始，柳笛每天都注意装扮自己了。可少年自那晚喝过红酒后，却再没光顾过前台。他失忆了吗？再不记得有个姑娘，在他的夸赞中第一次品尝到了人生怀春的甘甜和痛苦。

他总是很忙，耳边的手机也总是很热。他熟练而自信地游弋在作家队伍里，像条自由快乐的鱼。

　　柳笛目光渐渐黯淡，心里又酸又涩。她将自己偷偷写好准备求教的两篇文稿撕得粉碎，独自躲在前台里伤心地哭了。

　　再去收拾房间，柳笛就将那部天蓝色的手机狠心装进了口袋。从少年房间里出来，她像变了一个人，套裙湿透了，紧紧地箍在身上。

　　一直到会议结束，柳笛都在焦急和愧疚中观察。甚至在梦中，她看到自己被警察抓上了警车。而少年就在车下冷冷盯着她，用亮晶晶的眼神解剖着她……

　　可一切都没发生。他依旧风度翩翩，谈笑如故。柳笛心在滴血！

　　作家们离开那天，照例在山庄门前合影留念。大客车来了，女孩儿们列队欢送。少年迈起矫健的步伐越上车梯，恰好就坐在车窗前。

　　车窗下，柳笛泪眼婆娑地凝视着少年，他见后大惊，打开窗子，冲柳笛使劲儿地摆手。

　　柳笛拼命地摇头，眼泪横飞。车开动了。柳笛忽然从口袋里掏出那部手机高高地举过头顶，追着跑着喊着，递给少年。

　　"对不起！对不起……手机是我偷的！我是小偷！……"柳笛的哭声近乎嘶哑，脚步踉踉跄跄。

　　少年大为惊讶，但仅是一瞬，便灿烂地笑了。他将半个身子伸出窗外，接过手机，对追来的柳笛大声喊着："柳笛，柳笛，谢谢你！我喜欢你！……再见啦……"

　　"再见……"

　　窗外，破涕而笑的柳笛，多像一株婀娜含羞的碧柳。

篮球场边的女孩儿

心底深处最美最纯最记忆犹新的异性形象，多年后忽然被一个冰冷残酷的现实彻底打碎击破，留下的除了震惊还是震惊。

女孩儿究竟何时来的，我一点都没察觉。

当时我和所有人一样，正懒洋洋地奔跑在生硬的水泥地面上。投球、抢断、投板，都像在打太极拳，有气无力，形散神也散。

八月的下午，即使太阳偏西，温度依旧生猛。我们篮球场上的几个哥们像被晒蔫了的鱼，经过一番折腾都已奄奄一息。可女孩儿和红T恤的出现，即刻像一场从天而降的大雨，浇醒了所有萎靡不振的人。

不得不承认，红T恤的球打得可真不错！因为被分成对手，我几乎使出了浑身解数与之周旋，结果还是被他身高上的优势和出奇的速度抢得先机，投篮频频命中。

红T恤不时朝场边的女孩儿挥着手，动辄还高叫一下她的名字"韩旭"！我看到女孩儿正擎着一把浅粉色的太阳伞，脱掉了银色高跟凉拖安坐在场外，微笑着望向这里。我的心霎时像那个充气过足的篮球，蹦跳得有些失控。我可以发誓，我从来都没有见过这么漂亮的女孩儿。她脑后扎一个羊角小辫儿，额前秀发从一侧随意倾斜向另一侧，大眼睛、高鼻梁、小巧的红唇，上身一件麻纱的飘逸红白花短袖衫，下身穿一件短小精悍的七分牛仔裤，露出一截白藕似的脚踝。整个人看起来青春、清纯、时尚、乖巧，还有那么一点点性感。

我的心情随着女孩儿的眼神跌宕起伏，我能感觉到她无时无刻不在全神贯注地观看着这场并不精彩的球赛，甚至连我跑出场外捡球或发球时，都能看到她的微笑同样向我绽放。我感到前所未有的兴奋和甜蜜，球技也有了超水平发挥！我开始热衷于跑圈、远投，一次次飞身经过女孩儿身边，让我脚下的风惬意地扇动起她额前的发。比赛这才真正进入了高潮。

意外是突然发生的！红T恤在一个跳投时被我拼抢倒地，我还没反应过来，女孩儿早已飞身进场，一脸焦急。红T恤面色扭捏而痛苦，被我们几个搀扶着下场，却用普通话大大咧咧地告诉女孩儿自己没事，受点伤不值一提！女孩儿却脸色彤红，眼睛里落下泪来。我发现她刚才竟是扔了伞赤脚跑进来搀扶红T恤的。此时的我浑身像过了一道酸楚的电流，整个人几乎立刻麻木了。我把球胡乱地摔向篮板，不知所措地站在原地。

红T恤一下场，所有人又恢复了萎靡和懒散。我低头环视，发现所有人也都对红T恤艳羡有加。我们气力全无，干脆都歪坐在水泥地上，不时扭头望着女孩儿和红T恤……

骄阳似火，口渴难忍。我那时，是多么羡慕那盏小小花伞下的那一小片荫翳，羡慕他们的喃喃私语。后来，红T恤开始拿出相机为女孩儿照相，继而他竟把相机递给了我，让我为

把命交给你

他们合影。我手里端着沉重的照相机，从调景框里久久地端详着女孩儿。我猜测他们一定是放了暑假的大学生，女孩儿八成就是本地人，而红 T 恤则来自于另一个城市。

八月的天空出奇得湛蓝，似乎并不真实，八月的中学操场荒芜而又喧闹。在经历了连续几场假期的雨水后，远处偌大的足球场上野草肆虐遍布积水，练体育专长的孩子们像一群蚱蜢飞驰在另一侧的跑道上——"喀"！随着相机一声脆响，我平生第一次被别人的爱情击中。这从此也拉开了我长久偏爱篮球场边的女孩儿的历史性序幕。从此以后的许多年里，我打过无数场篮球，接触过形形色色的球友，看见过不少静坐在篮球场边的女孩儿，我对她们都无一例外充满喜爱。喜爱她们特有的安静，喜爱她们的盲目崇拜，更喜爱她们的纯真甚至对篮球运动的无知——我抬起头望向天空……我想我永远也忘记不了这个夏天了，我永远也不会忘记这个让我怦然心动的女孩儿。她像一阵柔和的微风，轻轻吹过我年少的心头。虽然时至今日我仍无从知道她的名字、她是哪里人、多大了、是做什么的。但她对男友用情的真挚和热烈，让人记忆深刻。

也许，她只不过是一个再普通不过的女孩儿，但因为有了她，我记忆里的那个夏天就是永远的懵懂和羞涩，美丽和飘逸。她几乎是我成长的一个标记。

数年以后，我偶然读报看到一个女孩儿因杀人而被执行枪决，报纸上有案件报道和嫌疑人的几幅照片。我愣愣地看着他们，对自己轻轻地说，不，这不是她。

兴发渔行

在外闯荡的人多有不易，曾经历的爱恨徒留叹息。

我们这里，离海很远，本是个纯粹的内陆小城。

可没办法，现在流行吃海鲜。其实也不是流行，海鲜虽贵，但确实好吃。

于是，兴发渔行火起来。

原来的兴发渔行，只批发海米、咸鱼、虾酱等干货，大老远就闻见一股呛鼻子的腥味，屋子里暗得不行。

可渐渐，黄老板开始运营纯正的海鲜。他是先委托朋友出差捎带，后来干脆贷款买车，每天专门长途跋涉去海边拉鲜货。

现在的兴发渔行，早已今非昔比。不但扩了地盘，换了门脸，装饰了格局，就连存海鲜的装备都先进上了。

有一种海鱼叫真鲷，又俗称红加吉，体色艳丽，肉质细嫩，味道鲜美，属于近海暖水性名贵底层鱼类，具有很高的经济价值。黄老板用来养它的家伙，就是一方伪造的岩礁海水区。为解决海鱼易死亡、肉质易变疏松等问题，黄老板还专门在水底安装了一个五颜六色的拂尘样的装置，时刻不停在水底转动，搅得海鱼们片刻不得安宁。所以，黄老板的鱼做出来的味道真是蛮不错的！

黄老板有钱了。

把命交给你

可有钱的黄老板一直没有续弦。

大概有七八年了吧，黄老板的老婆甩下他，跟着小城一个司机走掉了。那年头，黄老板过得拮据。屋子里终年冷冷清清，除了死鱼就是烂虾，日子充满了霉腥味。

因此，黄老板每次回忆那个雾蒙蒙的黄昏，总免不了要黯然神伤、唏嘘叹气。

当初究竟怎么回事？每当有人关心地问起。黄老板总是低下头，搓弄着两只戴满了大金戒指的手，久久不语。等到人们起身要离去时，黄老板偏又用湿漉漉的话语把人们挽留住：

都怨我不好啊！

原来当初，女人是受不了清冷孤贫、黄老板又不能生育，而决绝离去的……

不是没人劝过，黄老板，你现在有钱，再续一弦嘛，黄老板听了，摇头苦笑。

不是没有人介绍，黄老板，"绿源"饭庄梅老板的小姨子，怎么样？人家对你印象可蛮好！黄老板仍旧只是笑笑，转身离去。

甚至，还有人将姑娘带来，任黄老板好奇地观察够了。再问，黄老板，人家还是大姑娘呢。长相比你那个黄脸婆强过百倍吧！谁知道，黄老板当即黑了脸。你们要来买货，我给全城最低价，别的就不要瞎扯了！

人们就都竖了大拇指，说黄老板真是个重情之人！

人们也都想知道，黄老板的女人现在是什么光景了？

终于有那么一天，黄老板的女人走进了兴发渔行。

人们顺着黄老板惊讶的眼神望去，却实实在在失望了一把！这就是传说中的她？真不敢相信。

是啊，就是在眼下的小城，女人的长相穿着也很落伍了。

可黄老板，整整一天都兴奋着。他通知服务员，下次女人再来买廉价品，就把最好的鲜货装给她，还要把价格不动声色地压到最低。

女人不但亲自来买海鲜，而且还开始跟黄老板讲话了。女人开口向黄老板借钱——五十八万。老天爷，这简直是黄老板的毕生心血！

人们知道内情的时候，已经晚了。黄老板把钱全部借了出去，毫不犹豫，条都没打。有人急问，黄老板你傻啊？万一……黄老板干咳一声，打断问话，没事，没事。兀自一脸轻松。

事后，人们依稀听说，原来女人的现任丈夫得了尿毒症。女人之所以来兴发渔行，实在是走投无路了。

好事人终于又有了新话题。尿毒症的治愈率很小，黄老板和女人岂不是又有了复合的希望？黄老板多年的夙愿，看来要实现了！

可这只是人们的一相情愿。生活总是现实而残酷的。那同样是一个雾气蒙蒙的黄昏，兴发渔行门前突然发生了一起严重车祸。黄老板被轧在一辆大货车下，成了一滩血红色的虾酱。

第二天一早，女人又来买鱼，一个女服务员哭着告诉她，黄老板出事了，黄老板死了！

女人听了，并没有显露出何样的悲痛，付了钱走出门外，

把命交给你

却一头栽倒在路边。

以后的日子，兴发渔行并没有歇业。相反，却越做越大，直到省城都开起了分店。兴发渔行的老板，就是当年黄老板的女人。

原来女人的丈夫早就病死，跟黄老板借钱也只是个幌子，她是不想让黄老板的后半生过得太逍遥太舒服……

当年女人之所以走，是因为在老家曾和黄老板定过亲的女人找上门来，趁她不在，跟黄老板睡了一觉！

也是直到这时候人们才知道：原来黄老板和女人，都是漂泊在异地的外乡人。

第四辑 都市心事

> 钢筋水泥是冰冷的，城市却从来不是，每座城市都有独特的性格与气质，既会影响其中的人，又是其中的人所营造和构筑。城市就是城市，其中男女的心事，只属于这个特定的地方。但有一些心事，注定城市无法排解。繁华下的寂寞，热闹后的孤单，最是叫人销魂。

错 位

在恋人之间，等级身份错位，价值取向错位，必然也会导致爱和亲情的错位。

"爸！"他猛地惊叫一声，吓坏了身边的女友。

女友颤颤地疑问道："什么，你叫他什么？"

他即刻羞红了脸，像个做错了事的孩子低下了头："梅子，对不起，我欺骗了你！我爸爸根本不是什么局长……他，就是我爸爸！"

女友慌张地捋起额前被风吹乱的秀发："他？你不是在开玩笑吧……"

眼前的这个人，衣衫褴褛，蓬头垢面，一双失神的眼睛呆滞地凹陷在枯树皮一样的脸上，皲裂的嘴唇微微地抖着，不时流下肮脏的涎水。这老人显然也是惊呆了，慌忙将手中的麻袋往身后藏去。

女友痴痴地站在原地。不知所措，像是呆了，又像是傻了。

他紧张地晃晃女友，沉重地说："梅子，你果真那么在乎吗？难道我们的爱情不值得你留恋？我向你坦白了，我们也是不是要……要结束了？……"

女友闭口不答，她仿佛在震惊中还没有反应过来。

突然，他诡秘一笑："呵呵，梅子，好梅子，我只不过是逗你玩呢！谁又能真的不在乎？！"

他搂起女友纤瘦的肩："开开玩笑，一个游戏，好了好了，别再想了！"

这时，老人已经背负着麻袋默默地走远了。

女友眸子里肆意地流出泪水："那是我爸爸……"

看 天

再孤僻的人都渴望爱与被爱，也只有爱才是引领他们走出孤僻的捷径。

行喜欢看天。

从小就喜欢。一个人，独独的，默默的，远离人群，无限贪恋地凝视着头顶湛蓝的天幕。有时候天上舒卷着云朵，行看着看着就笑了。笑像一圈小小的水纹从嘴角甜甜地荡漾开去。那笑像是行在说话，呵呵，天上有好看的云朵呢。

伙伴们喜欢弹弓、泥巴、水枪、洋娃娃，行却喜欢看天。行只喜欢看天，不喜欢别的。伙伴们就不愿意理行了，有时候还说行的坏话。说行其实是个弱智的哑巴，要不他怎么不说话老喜欢看天呢？新伙伴就恍然大悟似的点点头，给行投去一种同情的眼神。时间长了，行的老朋友们也在自己编造的故事里朦胧起来，以至于全部孩子都以为行就是个只喜欢看天的傻哑巴。

行好象听不懂伙伴的讥讽，行漠视着那些热闹的饭后片段。行喜欢看天。

行只喜欢看天。

什么样的天行都喜欢看。行往往一看就是很长时间。刮风的天，倾雨的天，阴沉的天，爽朗的天，飘着白云朵朵的白天，缀着繁星点点的夜天……行常常看得痴迷，忘了时间。

很快，行上学了。行在课堂上学得很刻苦。成绩很好。有一次一位新来的老师提问行一个问题，行你长大了要做什么？行站起来，望着许多讥笑的目光，想说老师我长大了喜欢看天。但行没有说出话来，行猛得发现自己说不出话来了，行使劲地在喉管里挣扎，可是不行，行真的说不出话来了，那些咿咿呀呀的动静将行自己吓了一跳。行说的是，我去看天。而老师和同学们听到的是却只是暗哑的呜咽。

业余时间，同学们该玩的玩去，该用功的用功去。行就静下来看天。行的座位原来是紧靠窗台的，但有同学报告老师说，行经常看天，都把同学们的精力吸引过去了，所以还是不要让行坐在窗台边。老师说该同学说的很对，不能叫行一个人把大家学习时间和精力分散了。就给行调了位置，到教室最后的中间。

行似乎并不在意这些。行还是喜欢看他的天。行有时候就在想，真的，我长大了就做看天的工作吧？看天有什么不好呢？行将这写成作文，就遭到飓风般的嘲笑，有人问行，行你那么喜欢看天你见过宇宙飞船吗？你能分辨天上的北斗七星吗？

行摇摇头，大家就笑得捂肚皮的捂肚皮，擤鼻涕的擤鼻涕，还有的眼睛里笑出了泪花。行心里想，我只喜欢看天哩，你们问的什么问题。就再去看天，天空里飘着丝丝好看的白云。

大学时同学又换了一批。行还是喜欢看天。有个同宿舍的帅小子问行说，你整天看天，视力一定很好，真羡慕你，我女朋友因为我高度近视把我蹬了。行从窗台下摸出写有自己名字的隐形眼镜药水给他看，帅哥轻蔑地"切"了一声，就回头走了。

行确实是近视眼。还很厉害。不知道怎么近视的。总之行要是不戴隐形眼镜看天，天就总是模糊的。模糊的一片蓝、灰、黑、红、沉重的铅。

行在大学里本来默默无闻，没想到却因喜欢看天出了名气。同学们都知道了行很怪，喜欢看天。就有好多人认识行，好多不认识行的人想找茬认识行，跑来看行，看行怎么看天。行也觉得很奇怪的，但自己顾着看天，没时间和他们罗嗦。好多人不走，就和行一起看天，于是校园里的阳台上都站满了看天的人。远远望过去，已经分不清楚哪个是看天的行了。

有个教天文学的教授听说看天的热潮是行引发的，就想动员行选修自己的专业。教授去偷偷观察了行，跟大家预言说行只要在他的培养下刻苦努力，行将成为 21 世纪最有可能改变人类生存状况的伟大科学家。同学们听了纷纷咂舌。而行听了，不以为然，行没有选修教授的专业，行一次也不去听教授讲解的蓝天。

渐渐的，没多少人再跟行看天，表面摆出那些痴迷陶醉的眼光了。眼看就要毕业，只有一个女孩留了下来。女孩还和行一起看天。天天看天。好像什么样的天女孩也跟行一样地喜欢看。毕业时，女孩就成了行的女友。女孩随行去一个城市工作，业余时还是到郊外来看看天。

郊外人很少，凹地里长满杂草。行忽然叫女孩一起趴进长草丛里。女孩问行要干什么？行说，来，躺下，透过这些斜长的茅草看天。女孩仰头看天，天上竟有白云，树林，人群，红色的楼房，奔跑的汽车，女孩一下子觉得这天好大好宽，宽大得没有边沿。

女孩温柔地笑着，从坤包里掏出一盏火红色的鸭舌帽来。

把命交给你

女孩将鸭舌帽猛地扣在行的头上说：行，以后，我不准你再看天了。

行从女孩眼神里看得出自己此刻很帅，而且觉得幸福正像天上蓬松的云朵一样涌来。于是行朝女孩笑笑，说，好啊，我以后不再看天了。

如风的旋律

蓦然回首，孩童时的游戏、情谊、遭遇，大都此生难忘，何况是一段凄美的忧伤的如风般的旋律。

我说过，在我们小院里，弥徽的爸爸是个人物。

因为他不但是名连长，同时还吹得一手好口琴。

你不知道弥徽的爸爸穿上军装有多帅！在三十多年前，他每次回家探亲，都能彻底把我们破旧的机械厂家属小院掀个底儿朝天。那时候妈妈就常常对我们讲，你们要是长大了有弥徽的爸爸一半帅，那就算我没白养！

那可是个到处崇拜军人的年代啊。

直到现在，每当有人在卡拉 OK 里重温《血染的风采》，我还能想起那个英武的弥徽爸爸来。

你也不知道弥徽的爸爸口琴吹得有多棒！想想在三十多年前，文艺生活空前匮乏的岁月里，他坐在高高的门槛上给你随意吹一首《外婆的澎湖湾》、《莫斯科郊外的晚上》，那种如凄如诉的颤音，那种飘散在风中的旋律，不把我们崇拜得五体投地才怪！

于是弥徽爸爸的探亲假，简直成了我们神魂颠倒的时光。那时我们人人立志长大了要当一名光荣的人民解放军，并时刻梦寐以求能得到一把像弥徽爸爸那样的口琴。

有一次，弥徽爸爸临回部队前，把口琴留了下来！

我们争相聚集在弥徽身旁，渴望能摸一摸并亲口吹一吹那把口琴。可弥徽拒绝了。理由很简单：口琴是他爸爸的，他只是保管，乱吹一气还会传染疾病。

伙伴们失望地散去，同时对弥徽也产生了很大成见。尤其是我，太不甘心了！因为我从小就是个不达目的绝不善罢甘休的家伙啊。

于是，我想方设法拿玩具跟弥徽交换。但弥徽仍然拒绝。

最后的最后，我只得使出杀手锏：把我爸爸出差青岛买回来的两盒压缩饼干送给了弥徽。

那个年代，这代价够疯狂了。

我终于战战兢兢地从弥徽手中接过了那盏小小的乐器，小心翼翼朝它吹一口气，立时就有一阵清脆的音符飞越而出！

我真不敢相信，那样美妙的天籁之音竟是从眼前这个冰冷的家伙里发出的！我把它横在口中，来回抽拉，像啃西瓜一样吹出了一排排或高或低、或清新或低沉的音调！

我兴奋地扬起它在小院里飞跑，恨不能立即将我的得意传递给每一个人。

把命交给你

　　我的招摇，却很快得到了报应。谁不想玩口琴呢？但弥徽除我之外就再没答应过任何人。

　　我和弥徽被孤立了。

　　看得出，弥徽比我更加害怕孤独。我知道那是因为，他的连长爸爸已经远赴越南前线。他比任何人都需要陪伴。

　　可他坚决拒绝再借口琴。

　　没办法，又是我想出了那个鬼点子。而弥徽，痛快地答应了。

　　我们俩一致对外宣称：口琴一不小心弄丢了！

　　消息一宣布，果然引起强烈地震。我和弥徽一口咬定，是有人趁我们不注意，偷走了口琴！为了证明自己清白，大家必须一起寻找口琴！

　　于是为了自己的清白，伙伴们又重新一起玩耍了。但从此，我们玩耍最重要的一项内容，就是寻找口琴。

　　我们在李老奶奶的鸡窝里发现了建国丢失的弹弓。

　　我们在春华的床底下发现了希梅的头绳。

　　我们在东海妈妈的首饰盒里发现了增利爸爸写来的信。

　　甚至，我们还在和梁的家后面发现了一个恐怖的死婴儿……

　　我们的搜索搅得小院鸡犬不宁，但就是没有口琴的半点线索。

　　终于妈妈还是发现压缩饼干不见了，迫于追问，我只得跑到弥徽家去索要。弥徽当然不给，我一时理亏气短，跑出门去就将口琴根本没丢的秘密说了出去！

这下可算捅了马蜂窝。从此小院里，再也没人肯理弥徽。每当我看见弥徽远离人群灰溜溜的样子，心里就充满了愧疚。但我已无力挽回。我以自己的卑鄙，再次使弥徽被孤立。

索性那个寒冷的冬天，弥徽还有口琴。我们亲耳听到在那些凛冽的风中，弥徽一个人躲在家中吹奏他的口琴。开始，那只是一些单调的重复的音符，渐渐的，它们变得生动鲜活、张力十足，并且溢满了忧伤和凄楚，伴随着呼啸的北风，迸发出一种撼人心魄的力量。

我承认，我嫉妒了。因为我，被征服了。

我眼前再次出现了那个英武的连长，他坐在高高的门槛上，给我们吹奏那些如风的旋律。

一个大雪天，弥徽家中传出撕心裂肺的哭声。我们也都得知了弥徽爸爸在前线牺牲的噩耗。听到那些哭声，我俨然觉得是自己失去了爸爸，从此将要面对永远漫长的孤独和寒冷……

待到天晴，我踏着厚厚的积雪去看望弥徽。却见在他门前，正有一把口琴镶嵌在高高耸立着的雪人嘴边，闪闪发光！

伞

城市推进，消灭了乡村，原本某些朴素的情感，也变得急功近利。唯有夜深人静、万籁俱寂时，它们会蹁跹而至，勾起昔年的纯粹的记忆。

把命交给你

再次穿上羽绒服的一瞬，伞忽然发觉自己来这个城市已经整整一年了。

伞回忆起去年此刻，自己为来这家公司所费的种种波折，伞笑了。伞觉得自己好累，但是这累，应该是属于成功后的骄横炫耀式的累。其实又有什么呢？伞觉得现在的生活正在沿着自己美好的构想顺利前行着。

伞常常想家。常常想起家乡的那个小镇、小镇里众多的伙伴以及和伙伴们一起在闲置的麦场里看雪、打雪仗时的情景。夕年的流光碎影常常是伞在空荡无人的夜里赖以慰籍心灵的温暖。

城市的节奏比小镇快得多了，伞得卖命地工作，午饭就常常是在公司外面随便吃点便当了事。有好几次家里说要来看看伞，看看她信里面大公司的模样，伞赶紧回信不让他们来。工作时间是不允许会客的，再说，家里人那点穿着，到城市里这样的公司里来，会不会……还是寄钱回去吧。

伞的朋友很少。虽然伞长得标志，但是城市里怎会缺少模样标志的女孩呢？伞每次从邮局里出来后都将剩余的钱买了好看的衣服。伞在镜子中反复盯看自己一会儿，呵，确实漂亮多了！但惟独还是少了街上那成群女孩儿们脸上的笑容，身体里散发出的气质。

伞在公司整一年了，没有男朋友。

伞就把业余精力和兴趣都放在观察城市的景色之中。说心里话，伞喜欢用一双大大的眼睛和敏感的心灵来触摸和感受这座大得几乎没有边际的城市。伞的工作间紧靠 27 楼上硕大的窗台，工作累了，伞就放眼望向窗外。

窗外的景色尽收眼底。白天是川流不息的大小车辆，高低不一的商厦楼宇，形如蚁状的路人，各种莫名其妙不知道从哪里汇集而来的声响；夜晚是富丽堂皇的灯火，远近模糊的妩媚的乐音歌声，永远淡红色的天幕……伞觉得它们靓丽华美，绚烂辉煌，这是与小镇完全不一样的感受，这是城市里特有的景观和味道。

伞每次工作累了，就把秀发靠在椅背上，慵懒地看着窗外，渐渐地将自己融入车辆的喧嚣声中去，在铅色的天幕下，休憩一会儿，遗忘一会儿，再接着努力地工作。

时间久了，伞的业绩得到充分肯定，伞也察觉到了年轻老板对自己格外的赏识。

第三个冬天的时候，伞做上了业务主管。

第四年冬天的一个夜晚，老板从在窗台前伫立凝神的伞的背后走上来。日光灯关掉的一瞬，老板拥吻了伞。伞奇怪自己竟然连一丝一毫的挣扎、慌乱和羞涩都没有。老板微微喘着粗气盯问着伞：伞，我爱上你好久了，嫁给我吧？伞不知道该怎么回答，伞说，你陪我去看今年的第一场雪好吗？我喜欢看雪，轻轻地落在掌心里。

老板面色因激动而变得红润，爽快地答应下来。

吻过伞后的老板在此后很长的一段时间里唯一要忙碌的，就是去看房子、定家具、买钻石项链和衣服化妆品了。老板的

把命交给你

脸上总也洋溢着成功者的笑容。

可第一场雪总象跟伞和老板捉迷藏似的。冬天快要过去了，迟迟不来，杳无音讯。

伞的老板很着急，每次用眼神乞求伞，伞也用眼睛回答他：等落雪了……再说吧。

落雪了！落雪了！老板在清早的电话里激动地说。伞，我在"黑咖啡"等你呢，这里看雪很美。

伞从床上爬起来，伸展身子，拨开厚厚的窗帘望向窗外。

真的，淅淅沥沥地落雪了。

端坐在"黑咖啡"的雅座间，伞静静地望着窗外。窗外是条平整光洁的街道和鳞次栉比的店铺，冲着"黑咖啡"的街对面是一式的洗脚美足房，几棵幼小的法桐在店门边默默地伫立。一辆辆出租车从玻璃窗外急速驶过……

雪落得不大，开始只是雨点，中途又是小小的冰雹，快到中午了才变做了薄薄的雪片。一片、两片、三片，雪落在地上，尚未来得及积蓄，便被飞快的车轮碾过，化做了一团团的污水……

伞跑出咖啡屋，在宽阔的街心用手掌接那些飘散下来的雪。太阳却从铅色的天空中露出了端倪。

背后的老板悄声地问伞，伞，你说过一起看雪后嫁给我的？

伞不回头。将手心里化掉的雪捂在眼睛上，说，好啊。

听　课

对待预先安排好的听课，人们似乎司空见惯，然而对待预先安排好的选举或更多正事、大事呢？看似可笑，实则发人深省。

那天本是节体育课，但班主任周老师突然走进教室里说："同学们，我有一个重要消息向大家宣布！下周一，校长要来我们班听课！"说完满脸绽放出灿烂的微笑。同学们见状，纷纷热烈地鼓起掌来！

周老师声音越发洪亮："校长来听课，既是我们的荣幸，又是对我们的挑战！所以我今天特地要了课，咱们来做一下准备！"

周老师又说："首先我向大家透漏一下，校长要听的课文是《春》。下面给大家五分钟时间，仔细阅读一下课文！"

讲台下，立即泛起朗朗的读书声。五分钟以后，周老师说："既然课文都已读过，我们马上来熟悉几个知识点。首先，我要找一名同学回答，该文的作者是谁？小红！"

学习委员小红唰地一声站起来回答："朱元璋！"声音又甜又脆。

可同学们的嘲笑声却像爆米花一样喷溅而出。

周老师难以置信地问："小红你是不是开小差了？作为班

把命交给你

干部，要时刻起到模范带头作用才行！让大家来告诉她，作者究竟是谁啊？"

"朱自清！"另外五十五张嘴巴异口同声地喊到。

"很好！小红你一定要记住，到时候这个问题还是由你来回答！可千万不能再错了，明白吗？现在请大家再翻到课文最后一页，找到生字表，看看本文一共有几个生字？"

"五个！"

"很好。给大家十分钟熟悉一下……"

十分钟后，周老师说："大家的记性一向都不错，下面我找几个同学来听写。谁会的，请举手！"

白嫩的小手立即像雨后春笋，唰唰地冒起。

"都很积极！但我只能选五名同学上讲台来，小刚、小云、小超、小东、小华你们五个，其余的在下面写。开始……"

五分钟以后，周老师开始为大家做点评。"大家看，班长小刚都写对了，是不是很棒？接下来副班长小云却只写出了前三个字，而小超的字写得像什么啊？大家看——对，太小了嘛，简直像蚊子！而成绩最差的就是小华了，身为宣传委员，竟然连一个生字都没写对！……"

又有笑声，海浪一样翻滚起来。

"你们几个今天的表现令我很失望，马上将生字表抄写三十遍。听课时可千万不能再出错了！"周老师温和的脸上明显泛起了严厉。"其他同学，让我们接着分析课文，看本文到底应该分成几个大段？中心思想又是什么呢？"

同学们越发踊跃。但周老师只挑选了卫生委员小南和劳动委员小林作答。"不对，不对。"周老师边为他们纠正边说："该文正确的划分应该是三个大段，而中心思想呢，是作者通过热情地讴歌春天以表达对自由人生的向往和追求！你们两个都记住了吗？……"

"最后，我还要找几位同学来向老师提问！究竟还有哪些地方不明白的？"这一下，竟没有人举手。周老师摇着头启发说："我们要懂得不耻下问，一篇新课文不可能所有人一听就都明白了。要诚实！要勇敢！真正提出你们内心的疑问……"

说到这里，班长和学习委员等几名同学犹豫着举起了手。接着，是所有人。周老师顿时又有点不快。"哪里来的那么多问题！难道每个人都有疑问吗？还是定下来，到时候由纪律委员小方和音乐委员小玲来提问。你们可以这样问老师：作者创作《春》的历史背景是什么？《春》中的比喻一共是多少处？到时候，我会再点名让体育委员小北和美术课代表小凡来作尝试回答……"

叮铃铃！……下课铃声急促地响彻校园。周老师一脸疲惫地走出教室，整个背影都是湿漉漉的。

校长听课那天，一切都在计划中进行，可没想到最后还是出现了失误！不过幸好我发现，校长根本就没有听出来！所有的老师竟都没有听出来！

周老师在最后的提问时，并没有喊小凡的名字，而是叫起了我！那天小凡临时请了病假，于是周老师让与她同桌的我来回答那个问题。

我当然不记得该怎么回答，只是慌忙从武侠书里拔出脑袋

把命交给你

来，委屈地想，我根本就不是班干部嘛！

1985 年的蓖麻

　　童年伙伴的殒命，不仅是一场伤痛和悲剧，更是一段永远的警示。

　　1985 年浓夏，我六岁。正是无恶不作的年龄。

　　我们住的机械厂小家属院儿里，从北往南数第三排巷子最东头是李老奶奶家。李老奶奶其实年纪并不大，却一连死掉了三个儿子。老大是得了不治之症；老二在自卫反击战中牺牲；老三则是正走着，被突然从天而降的石板活活砸死了。

　　噩耗使李老奶奶过早花白了头发，额间皱折像怒放的秋菊花。多少年以后，我在报纸上见过一副获奖的摄影作品，内容是一副老妪的脸部特写，取名为"沧桑"。我当时真以为那片中的人物就是李老奶奶，可惜我错了。我发现原来这个世界上，与李老奶奶有着相同面目的老人，其实还大有人在。

　　李老奶奶只剩下一个年龄比我稍大的四儿子牢巴，天天半步不离的跟着她。"牢巴"的意思就是乡人所说的"结实、稳妥"，我是很多年后才忽然明白牢巴为何之所以被李老奶奶叫作"牢巴"的。

　　牢巴不被送去上学，极少说话，脸长而尖，头脑歪斜，嘴边永远挂着涎水，显然有些傻。没人愿意搭理牢巴，却都很嫉妒他。因为牢巴是小院里第一个吃上烧鸡的孩子。那个下午，牢巴一个人撕扯着李老奶奶刚从卖烧鸡的秃头手里接过来的热气腾腾的烧鸡，当着我们面，毫不嘴下留情地吃掉了那只油花四冒的烧鸡。

我们从此恨透了牢巴。

李老奶奶对"死"极其敏感，恨到极至嘴里便整日离不开"死"字了：什么吃了老鼠药会死，吃了土坷垃会死，别喝林子里的那汪臭水会死，别偷掏屋檐下的鸟蛋吃会死，摘了夏天的蓖麻子吃也会死……大人们听了摇头一笑，我们却听得一愣一愣的。

可我们毕竟还小，时间一长，就质疑起那些奇怪的死亡警告了。

李老奶奶门前就种了一大片蓖麻。葱葱郁郁，蓬蓬隆隆。站在蓖麻的荫凉下，我们上下左右地打量。吃蓖麻真会死人？那干吗要种呢？即使不是李老奶奶种的，她怎么不铲掉呢？

做为早熟的孩子头，我毅然决定：去吃蓖麻，看看到底会不会死！

伙伴们在惊叹之余崇拜地望着我。在那个有着金色夕阳笼罩下的傍晚，在鸟群不安的啾鸣声中，我毅然摘掉李老奶奶门前的一颗蓖麻籽，英勇就义似的吞了下去。

我静静躺在蓖麻树下，等待死神的降临。那一刻，我忽然确信自己要死了，躺在坚硬的土地上瑟瑟发抖。我对着伙伴们说了一声："我死了！"就闭上了双眼。

把命交给你

伙伴们一哄而散。

很快，就有伙伴在远处跳着脚喊："东子死了！东子死了！"

很快，我身侧就聚满了人。我甚至觉得单薄的眼幕一下变得沉甸甸的，上面压满了人影。

"爸，东子显能吃蓖麻毒死了……""这孩子一动不动，脸色窘白，怕是死半天了……""咳？吃蓖麻怎么死了人呢！""别上前啊，他家里来了，不好交代……"

我听见李老奶奶也出来了，她嘴里嘟囔着"那嘛米那米宫"之类的话，而紧跟在她后面的就是牢巴。

我将眼睛睁开一条小缝，想站起来遛掉，可一时腿脚发麻，根本不能动弹。只盼望父母快来，看他们是不是也着急？

很久，父母都没来。我越来越怕，越来越怕，积攒起全身力量，忽然直挺挺地坐起来！

周围人吓得轰得一散，我趁机爬起来窜了。

我以为这事就这么完了。怎么样？我对伙伴们骄傲地说，我没死！

可我无论如何也没想到：

一周后，牢巴死了。

牢巴是先吃了蓖麻籽，后觉得没什么意思，又吃了老鼠药死的。原本在牢巴的意识里，那些一直曾被奉为真理的死亡警告被打破了，牢巴亲眼目睹了我那天的死亡游戏后，就天真地认为李老奶奶的话全都是假的，而且一旦尝试都很好玩，至少可以赢得盲从和惊诧。牢巴家里只有蓖麻和老鼠药。于是牢巴都试了。

牢巴死了。

牢巴死了。李老奶奶却活了下来，至今没有离开这个世界。但我从牢巴猝死、挨了父亲一顿痛彻骨髓的皮带后就再也没有见过李老奶奶。

搬家后的多年里，我一直回避再去那个童年小院儿。

我不知道李老奶奶和那蓬据说一直还在的蓖麻，现在，又是何等光景了。

月光下的榆钱树

人在成长，家乡在变化，不变的是一颗爱国思乡的心。

为了省钱，林是步行回村的。

十五公里山路，林一个人背着沉重的书本却健步如飞。

从一上路开始，那种久违的温暖的感觉就始终萦绕着林，让他步伐坚定有力，心情喜悦豪迈。

高考前，学习紧张，周末能回趟家可真奢侈。

林刚一迈进家门，就见爹在天井里呼呼啦啦地伐那棵粗壮的榆钱树。林顿觉大脑轰地一下蒙了，眼前金星四闪，脚下的步子踉跄凌乱，险些一头栽倒在地上。

林大声喊："爹！别！"晚了，榆钱树直挺挺地倒下来，

把命交给你

顺带砸毁一边空荡荡的鸡窝。

林的眼泪大颗大颗涌出，朦胧中再看蹲在地上的爹，爹的那双眼也红得吓人。

爹问："林，你回来了？我估摸着差不多也该回来了……快进屋歇歇吧。"林不解地质问："爹，你怎么把咱家的榆钱树伐了？它碍着咱们啥了？"爹不看林的脸，不接林的话，语气硬着说："你给我进屋！你娘在屋里摊煎饼哩。"

林不情愿地进屋，见了娘，吓了一大跳。才几个月不见，娘瘦得没有人形了。娘见林回来，抹把额上的汗，朝林笑笑，算是打过招呼，就又埋头忙活。

林把背包扔在床上，坐在漆黑的屋子里发起呆来。林的记忆让他更加忧伤了：从前，当林还是个孩子时，就非常喜欢爬树，尤其是院子里这棵榆钱树，不但给林的童年带来了无穷的快乐，还让林一家人在粮食匮乏的年代里度过了饥荒。那时候林还很有些顽皮，经常一放学回家，就跑到天井里跟这棵树搂搂抱抱亲热一番。林差不多就是跟榆钱树一同长大的。

稍后几年，日子好点了。林的两个姐姐还没出嫁，只是初步确定了人家。夏夜里，一家人不用抓蒲扇，只将院门轻轻一合，摊张清凉干爽的竹席在榆树下，五个人就可以轻松惬意地躺在上面尽情地嬉笑拉呱了。乡下的月亮似乎特别大，特别圆，水灵灵圆滚滚的招人喜欢。夜里清风徐来，月辉就抖颤颤地溅落一树，榆钱树上的叶子因啜饮了恬淡馨香的月光，而开始了欢欣快乐的舞蹈……

娘一直在树下讲着林爱听的山狐娶美的故事。姐姐们躺在一边让纷纭的心事氤氲弥散，往往，爹就在头顶精灵似的树叶哗啦哗啦地翻响时，心满意足地嗅着晾晒在院子里的麦粒芬芳，打起如山的鼾响……

有树的时候多美！有树的时候多好啊！

可是现在，爹竟亲手把树给伐了。把那棵亲人似的树拖走了！仔细想想，过去村子里茂密的树木现如今已经少得可怜了，难道爹也想做一个屠杀树木的"刽子手"吗？就不能把那棵陪伴了家人十多年的榆树留下吗？林实在很伤心，也想不通。

吃饭的时候，娘好几次问林学习吃力不，能跟上趟不。林见爹也抬着头巴巴地望着自己，就自信地实话实说："还行，年级前三名。"娘听了就笑，但笑出来的模样却还不如不笑好看。爹听了很满意，也笑，将手心里的酒盅呷摸得极响。

临返校时，林对爹说："这次回去，考试之前就不回家了，考完了再回。"爹送出大门，说："考完了再回就是。"娘也说："快了，快了，割完麦子就回家了！"

林就低着头往庄外走。走了大半晌，拿水喝的时候，才发现，包里卷着把透着盐花的钱。林恍然大悟！一次次红透了眼圈，长久地回望着村庄，最后狠劲咬着干裂的嘴唇，甩开大步向学校跑去……

这一年，高考作文要求学生写篇人与大自然的故事，林腹稿都没打，开笔刷刷地写，将他生命里的那棵榆钱树第一次写在了纸上。

林考上了名牌大学。去学校报到后，在给爹的信里不忘说：

"抽空咱家再种棵树吧？别空了院子。"爹没种，回信说："树倒了就倒了，重要的是儿子起来了！"

林再回家，就见到满天井里奔走的是牲畜和家禽，早已没有种树的空了。

再五年，林在美国深造，接到爹的信："林，咱们村现在靠近县城的中心河，已响应号招搬迁。原址被县里开发成了漂亮的水景公园。现在绿树成荫的地方，就有当年咱家的天井……

异乡月下的树阴里，林的脸上一片欣喜，一片湿滑。

乡下一夜

文学神圣，吸引万千大众心怀虔诚追求，但文学一旦变成贪图谋财谋利的外衣或手段，其行为举止则充满龌龊，令人不齿。

上路时，刘乃川说，到前面商店停一下，咱买点东西给沙尘暴。

沙三坐在副驾驶上，攥住司机的手说，不停，不停，给他买个狗屁，他能请到你们，已经是祖坟上冒青烟了，可不敢！

刘乃川还想坚持，但听到司机杀猪样地嚎起来。司机说，大哥你饶了我吧，不买就不买，你想把我腕子废了啊？

　　沙三慌忙松开手，一边不停地道歉，一边催促司机快点开车。说完还不忘回过头来对刘乃川等人强调，今天五子没来，是在家杀羊呢，大锅全羊香啊，我每回吃都能咬到舌头！

　　说完，还真伸出舌头来让众人看。

　　蓝馨夸张地叫起来，说，讨厌，沙尘暴龌龊，你比他还恶心。

　　沙三就厚着脸笑，说，坏了，蓝老师把俺的舌头当成口条了。

　　所有人就都笑趴了窝。

　　车子在午后的羊肠小道上扬起一路黄沙。

　　直到傍晚，车子才进村口。村里几十户人家的狗几乎同时咬起来，把夜幕咬得金星四冒。

　　车还没停稳，沙三便扯起破锣嗓子朝向村里直吼：五子！来啦！五子！一片小树林后的哪户人家立时有了回应。

　　紧接着，众人就看见又矮又结实的沙五跟跄着向他们跑来，与此同时被他挟裹而来的还有浓重的羊腥味。

　　蓝馨再次抗议说，搞什么嘛，沙尘暴，我不喜欢吃羊肉的。沙五听了立即吩咐沙三，快去，把六家的狗牵过来！

　　沙三半是犹豫，把脸望向蓝馨。蓝馨没再说什么，倒是刘乃川大声说，算了算了，城里不缺肉，吃点青菜就行！

　　众人徐徐走进沙五家准备落座，忽然发现这个家几乎没有能坐的地方。房是盖了毡的草房，地板是又湿又松的泥土，一盏度数极低的灯泡让几位近视眼谁也看不清谁的脸。幸亏天不算凉，沙五就在天井里的羊肉大锅边支起了几张矮凳。

　　众人围成一圈，话题立即开始。刘乃川专门从腋下皮包里

把命交给你

抽出一张十六开的小报，还未打开便被沙五一把夺去，两眼上下来回地刨。然而沙五眼神很快黯淡下来。刘乃川觉出了不对，忙又包里掏出几张，展开，这才微笑着递给沙五。

沙五眼睛登时放亮，随即就像被点了痴穴。刘乃川在一旁咳嗽了一声说，念出来嘛！沙五就颤颤地念道：

对岸的秋天

作者：沙尘暴

对岸的秋天，老牛的眼

最是你一滴金黄的泪，掬起我满心的思念……

读完，沙五眼眶湿了。刘乃川问，怎么样？我只做了稍许修改，这毕竟是你的处女作啊！

沙五说，刘主编，我都激动地不会说话了。我终于在县报上发表作品了！在我们村，我可是第一个啊！

蓝馨补充说，不止你们村，在你们乡，你也是第一个。

沙五将眼睛久久地贴在报纸上，良久才醒转头高喊，老师们都饿了吧？快，他娘给老师们端羊肉！

人们这才注意到墙角蹲着一个蓬头垢面的女人，飞快地站起来为众人舀羊肉。羊肉炖得稀烂了，众人狼吞虎咽。只有蓝馨委屈地问，有没有青菜？我不喜欢吃羊肉的。

沙五立即吆喝女人去弄青菜，女人步子迈得慢了些，沙五就吼道，磨蹭啥！这时沙三拖着死狗正好进门，女人大吃一惊问，三子你疯了？六家的看门狗你也敢动？

沙三说，五子叫拖的。人家蓝老师不吃羊肉。

沙五的喊声又响起来，三哥你快去剁了狗炖上，我去小八家提桶酒。这时候，刘乃川叫住了沙五，说沙尘暴，我们反正要住下体验生活，先别忙。你也算是我县较有潜力的青年诗人了，现在报社经济方面比较困难，你看能不能给我们赞助几个？

沙五说，我一定好好写诗，好好赞助。蓝馨说，是叫你出几个钱支持报社。沙五说，那要多少？先拿两千吧，我们看你也不容易。众人附和说，这么苦的条件坚持创作，很不简单！

沙五说，那我试试，大不了先不给孩子看病了。有人问孩子咋了？沙五说，肺结核，我没敢让他在家，送他姥姥家了。刘乃川听了说，算了，这么困难，少拿点，一千？沙五说，谢谢刘主编，我一定办！

这夜众人喝了两桶白酒，吃光了半锅羊肉和大半锅狗肉，倒是后来端上的几碟蒜苗、炒辣椒、炒蒜瓣都剩下了。

喝大了的人们径直躺在沙五潮湿的通铺上，沙五将女人赶到别家，自个在床下烧炉子，他们热烈地讨论着诗歌的现状与未来。

下半夜，下起雨来。窗外电闪雷鸣，屋内呼噜声如海啸。沙五正在火炉边打着瞌睡，突然被冲进门来的沙三吓了个半死！

快，五子！你老婆上了吊！

沙三哑着嗓子吼，不过救得快，又活过来了。

沙五一时反应不及，上前扯住沙三，忽然又见他手腕上正往下滴血。

沙五问：你的手是咋了？

沙三一笑，露出满嘴的黄牙说，没事，那会儿杀狗时叫狗咬的。

把命交给你

负 责

负责多是一种担当，这个社会就是靠担当而存在而前进。

老刘生前，有个特点。做任何事，总喜欢负责。

老刘有句名言："负责有种非凡的成就感，每一项工作都需要有灵魂人物！"

起先，老刘还是小刘时，接班分进厂里干清洁。老刘有想法，去找领导。领导说你一无学历，二无特长，还想挑肥拣瘦？

老刘赶紧说，领导误会了，我是觉得厂里的清洁工作有问题。现在搞清洁的三个人，连我在内，素质不高，一盘散沙。原材料多贵啊？您要让我负责，我保证能干好，还能为厂里节省开支！

领导听了，嘿然一乐。敢毛遂自荐？好，这个责我就让你负，但我从今天起看你的表现。

老刘就负起个小责。

老刘所在的厂子是家机械厂，生产各种机器配件。老刘一负责，当即任命手下的两个人为组长、副组长，自己任主任。从此并不理会背后的讥笑，硬是头年就为厂里节省废料一吨半，年底成了劳模。

时间一久，老刘不但对车间的旮旮旯旯门清儿，工人业务也学了个大概。赶上厂里那几年缺干部，未出三年，竟被提成车间副主任。

当副主任待遇就高了，工资每月多出二十元，福利也好。赶上工人有个头疼脑热，还能向他老刘敬根烟、请个假。

可老刘还有想法。嘴上不说，夜里却睡不塌实。不行，去找领导。

领导说看把你烧的，一个清洁员，都提成车间中层了，还闹意见？不愿干滚蛋！

老刘委屈，说领导有领导的远见，下头有下头的想法，领导如果是位好领导，就请让下边把话说完。

接着，老刘就将把车间一分为二、使模具加工与淬炼定型完全分离，增加企业竞争力和工人积极性的想法合盘而出。

领导被吓了一跳。那时政企尚未分开，领导要想跳出去，缺的就是创新和实绩。老刘撞上枪口了！于是，车间就分了，厂子立马火了。领导也很快被冠以"改革先锋"，升了。

老刘的责，又到了手。

结婚以前，老刘曾扬言将来要在家里负责全盘。可事与愿违，结婚后他只能负责洗盘。两口子就干架。惊天动地过后，老刘依旧顽固不化，老婆更是寸土必争。最后两人只得签字画押：500 元以上家庭花消归老刘负责，其他归老婆支配。

可那时，两口人一个月的工资加起来还不到 300 元！

老刘在厂里工作多年，陆续干过车间主任、供销科长、服务公司经理、厂办残疾人福利企业负责人……不管何时何地，走到哪里，老刘对上总是一句话：让我负责！而对下，老刘更是事无巨细，事必亲躬。大到进料卖货、组织培训、来人招待，

把命交给你

小到添把桌椅、批包茶叶、买个杯子。

可也别说，老刘虽倔，但因能扎实苦干，负责的地方还真都出了点小成绩。大家有目共睹，凡一提他，皆是竖了大拇指夸：老刘啊？有魄力！

有一年，老刘出差省城遭遇车祸，右腿被卡在方向盘底下。外地治疗半年多回来，位子就没了。厂长也换了。去找领导，领导说，先去工会干吧。老刘去了。但又回来了。

老刘说，你让我干我就干，但工会仨副主席一个兵，我还是个残疾人，明摆着不公平。领导皱了眉，这样？那你也当副主席。

老刘还不走。说那得让我负责，主持工作。领导脸色就暗下来。老刘见状忽然鼻子发酸，有点哽咽地说，我在厂里干了30年，下来前好歹也是个负责人吧？车祸是工伤，又不是我故意出的，天底下谁愿意出车祸呢？你愿不愿意？老刘指着领导的鼻子问。

领导就出了一身冷汗。说你想负责就负责吧，但原职级不变！

拄条拐杖的老刘，终于又负责了。

老刘到工会后，并不闲着。别的副主席年事已高，班都不怎么上。可老刘天天拄着拐杖，按时上下班、读报纸、出黑板报，隔三叉五组织工人开展书法、象棋、够级等文体比赛。每有比赛，其他几位副主席也被老刘一一喊来，享受一下评委待遇。慢慢的，老刘的威信又上去了。

不久，老刘得了一场大病，卧床不起。自此，厂工会也基本歇业。其实并没耽误啥事，谁都知道。可老刘偏偏急得上火，工友们去医院看他，他逮住问起厂里的事就没完。老婆嫌他"咸吃萝卜淡操心"，老刘当即发开了火："这个家到底谁负责？"

老刘最后一次负责是在半年前。那时老刘刚出院。厂里连发几起盗窃案，想联系公安民警来做几场法制报告，震慑一下。原本厂里安排一名副厂长负责接待的。可老刘听说后火速找到领导说，这事还得让我去，其实我真不是抢功，只是这种事原先都是我负责，现在让别人去，外人会以为我出了什么事呢！"难道老刘不行了？""难道老刘一把年纪犯错误啦？"……

领导哭笑不得，只好改派老刘全权负责。

于是，老刘就在那次生动的法制报告会上，永远离开了我们。

第五辑　古今奇事

　　传奇的魅力就在于亦真亦假、如梦似幻，所以文字更能神采飞扬、栩栩如生，写传奇难，难在出新、出奇，还要令人信服，同时也最见真功，体现一个作家驾驭文字和想象故事的能力。以下故事，最能令读者大快朵颐、读得酣畅淋漓，这也是特将此节放在本书末尾的原因。

绝缨会

　　叙述角度新颖别致，语言文字优美凄楚，故事新编中的佳篇名作。

　　一管竹笛，清婉悠扬，似从天际云端中生，又似从楼外驿道间来。在那个闷热的黄昏，就那么丝丝缕缕地撩拨着我寂寞无依的心。

"吧嗒、吧嗒……"，随着一阵马蹄声的临近，笛声隐了。透过窗棂，我看见一个英俊少年独坐马上，左手持剑，右手执笛，襟袖翩翩，白衣胜雪。

他仰起头，用一双含笑的眸子捉住了我，惊疑中带着一些放肆。呵，又是一个被我美貌迷醉的男人。

可不知何故，这一次我脸上竟烧得厉害，胸口也"咚咚"地跳个不停……

不久，有个自称唐狡的人，只身前来提亲，遭到父亲的拒绝。我隔窗一瞧，心急得差点跳出来——是他！

转身跑上阁楼，痴望唐狡的背影远去，我怅然若失。

不料，唐狡刚走，又有一个人经过我的窗前。这个人浑身血污，铠甲残损，发髻凌乱，布满血丝的一双大眼，似乎要撑出眼眶来，身下的赤鬃马一瘸一拐，狼狈不堪。

他的落魄，激起了我的好奇。我启窗张望，不料正与他四目相对！

"姑娘，可否赠口水喝？"他粗犷的嗓音震得我耳朵生疼。我慌乱地指指楼下，让他去求我父母。

没想到，这竟是我一生中最致命的错误。

坐在昏暗的阁楼上，我能清晰地听到他地动山摇的大笑，和父母亲一连串唯唯诺诺的应答。

之后一天，突然有很多人携金带银闯进家里，把我用轿子一路抬进了郢都。原来，这个求水之人就是被斗越椒射伤了的楚庄王。

我成了楚庄王的一名嫔姬。可我却憎恨这个浑身是毛、敏

把命交给你

感多疑的家伙！我的心早已许给了唐狡。那个英俊少年，才是第一个走进我心里的男人。

我以为这辈子再也见不到唐狡了，谁料在那座石桥附近，当所有人的目光，都集中在对射的养由基和斗越椒身上时，我却意外地发现了唐狡。是他，他就挺拔地站在浩荡的护国大军里，地位卑下，但气宇轩昂。

我试图一步一步靠近他，再看一眼他深邃的眸子。可他面对我灼热的目光，竟低下头片刻也不敢回视。我的心，彻底坠入冰窟。

斗越椒被养由基一箭射穿了头颅。楚庄王终于平定了叛乱，天下大赦。楚庄王急命各路将臣齐集郢城大殿，开怀痛饮，尽情笙歌。直到夜半风起，皎月高悬。

终于，楚庄王让我这个举国最美的女人出场，为将士们斟酒助兴。

这一刻，我等得好苦！我要亲口问一问唐狡，为什么迟迟不来娶我？为什么不敢正眼看着我的眼睛？

纤指微弓，莲步飘移，歌吟轻狂，笑靥彤红。大殿上所有男人都已为我痴狂。凡我过处，谁人不醉？

唐狡，你呢？抬起头来，正视我的眼睛！懦夫！你为什么不敢？我正要含泪质问，一阵夜风忽然吹灭了大殿所有的蜡烛。

天可怜见！此时，千言万语又怎抵得过片刻相拥？唐狡，抱紧我！

我的拥抱就像撞击在一面冰冷的墙上。那堵厚重的墙，将我生生推出一个趔趄！伴随我跌倒摔碎的，是我那颗滚烫的心。

攥着手中不知如何扯下的一缕红缨，我凄惨一笑，厉声说："大王！有人趁黑非礼我，我扯下了他的盔缨，快点起蜡烛砍了他的脑袋！"

孰料，楚庄王听了，只是一阵狂笑："所有人都摘下盔顶红缨，为战死的将士干一杯！"黑暗中，铿铿锵锵，筹杯喧响。等烛光再次点亮，只见满地的红缨如血！

我双眼迷离。再看唐狡，他，竟颔首枯坐，像一尊冰冷的石头。我瘫倒在大殿之上……

两年以后，楚庄王倾兵攻郑，陷入重围，甚至已有人杀到了我的车侧。突然，一个人从斜刺里杀将出来，以一对十，锐不可当，只率领百十号兵甲，不但救出了楚庄王，且一直杀到了郑国城下。

望着那个熟悉而又陌生的身影，我能感到浑身的震颤。是他。只有那个曾在郢都大殿趁黑把我推出怀抱的人，才能如此勇猛！

楚庄王发誓重赏唐狡。我的心，却猛然像被一只大手攥紧了，生疼生疼。隔着帷幔，我抽出鞘中的匕首，放眼望去。

楚庄王发话："唐狡，你无论要什么，我都答应你！"唐狡连连叩首："大王息怒！我就是两年前在郢都大殿，非礼许姬的人！微臣无以回报，惟愿拼死效力！"

楚庄王听完，爆出一阵大笑。那声音在我听来，却抵不过我心头的一声轻叹。

揽镜自怜，我倾国容颜，毁于一旦。

青天恨

古代题材的反腐小小说，妙在谋篇布局，妙在生动细节的开掘。

香　菱

女人走进庙门的时候，被门槛绊了一跤。凭空直摔出去，香纸散了一地。风一吹，那些灿灿的帛纸就如生了翅膀的蝶儿，在庙堂里四散飞扬，将一个冷寂的佛堂搅得有些不安分起来。

女人大慌，急忙收拾停当，双手合十，跪在佛前。一双好看的杏眼早已泪如泉涌。

女人垂首向佛，咿咿低诉：罪孽啊罪孽，我该怎么办？一切但求佛祖保佑！

佛祖高高在上，仪容威严。女人说完仰起湿亮的面庞，乍见佛像不怒自威，吓得"噗通"一声跌坐在地，泪花簌簌敲起汩汩烟尘。

王监生

静坐窗前，男人目光迷离，夜风将桌上的线书吹得噼啪翻响。

酒褪灯残，屋内静得有些寂凉。突然，扣门声像一盏烛火点亮了男人的眼睛。"道长快请进！"

一个鹤发童颜的老道推门而进，男人忙起身让座、斟酒。待老道喝完第三杯酒时，男人又从厢房里拿出了几锭沉甸甸的银两。

老道捻须而笑，监生虽厚礼相待，但恕我直言，近期并无功名可图。

男人忙陪了笑道："我不求功名，只求道长为临家佃户算上一卦。只可说他近年在家必有祸患。还请道长一定给我这个薄面！"

老道听后沉思片刻，说："那请监生放心，我一定照办。"

老道走后，房门"吱呀"一声合拢。男人才发觉后背湿漉漉地升腾起一片凉意。

宋县令

宋县令的轿子每次通过那片热闹的街衢，人群里总要引起一阵骚动。在仙游，宋县令名号可谓家喻户晓妇孺皆知。

半城儿歌里都是对宋县令功绩的称颂。人们亲切地称他宋青天。

宋青天清正廉洁，铁面无私，为仙游百姓断了不少积案难案现案，以至于美名远播嘉兴。

可就在这天晌午，宋县令的轿子没走几步，突然被人截住了。

宋县令慌忙走下轿子，眼前已跪者云集。一个腿脚沾满泥巴的汉子被人推搡出来，立足未稳，说话倒是流利。报告青天大老爷，我在北坡锄地，口渴到井里打水，不想在里面发现一具男尸！

请青天大老爷明查！人群呼声如沸。

宋县令深感案情重大，急忙传人认尸。尸体早已高度腐烂，但村人纷纷指认死者就是村南佃户李下！

很快，就有人将另一隐情报告上来。城中王监生素与邻居李下之妻香菱偷情已久。而李下已失踪达半年！

宋县令拍案而起，心中似有一团烈火熊熊燃烧，恨不能立即将淫娃荡妇一双凶手千刀万剐！

一番质问与重刑，二人当即签字画押。宋县令铁笔一挥，正要命人推出去斩首，忽然发现女人右手臂上有两块铜钱大小的胎记！宋县令只觉眼前一花，二十年前的往事倏忽而至。

香 莲

二十年前，莫愁湖畔。女孩儿为秀才划船，轻舟在莲花中穿梭。女孩儿的笑声像湖水上空的水鸟起起落落，女孩儿的小手像一小截白藕，在水花里荡漾闪烁。

突然，一只大手抓住了这截白藕，女孩儿没有惊叫，却拼了命地挣扎。无奈船儿太小，只是一瞬，船唰的一声翻进湖里！

仰仗水性，女孩儿在湖心用尽平生力量，才将吟诗纵情、轻薄自己的客人救起。近处望着秀才苍白的面容，女孩儿的脸像在湖心绽开的一朵雏荷。

秀才留在了莫愁湖畔，读书著文。直到女儿香菱呱呱落地。

秀才永远也忘不了那个莫愁湖被薄雾笼罩的清晨，女孩儿偎在他怀里，女儿伏在女孩儿怀里。女孩儿说，女儿的手臂上有两枚铜钱胎记呢，看来会嫁个有钱人家！秀才听了直笑，并在漫天的幸福中，酝酿下一次赶考。

李　下

李下出了仙游，才发现外面的世界无奇不有。

而且，只要肯动脑子，谋生倒也不难。

李下先是在一家酒肆打工，后来自己就盘下了酒肆。李下卖酒从不掺假，酒气芳冽甘醇。他常是卖半天的酒，自己倒要醉上整整一天。

和风吹荡，李下开始思念起自己的女人。他决心要把香菱也带到这个多雨的南方小镇上来，一起经营这家酒肆，安享天年。

李下带足了盘缠，一路迤俪返回仙游。喧闹的街头上正在乒乒乓乓演戏。李下随意听了几句，竟被猛然定在了原地。

他听到台上一个莲步轻移的女人名唤香菱，而那个和她眉来眼去的男人竟是隔壁的王监生！最令他吃惊的是，二人终因合谋杀害自己而被宋青天斩首示众！

李下看得心惊肉跳，情不自禁大呼救人！喊声使人们从剧情中醒转过来，一时间台上台下大乱！

一场初夏的疾雨，扑天盖地呼啸而至。

结 局

那出戏仍在坊间传唱不止，只是再也不是从前的结局。

宋县令被斩首的那个秋天，仙游人将戏演到了京城。

李下站在城墙下，亲眼目睹了那场轰动朝野的演出。饰演李下的戏子唱到高潮处，举止悲愤，声泪俱下，把最末一句"寄言人间司民者，莫道官清胆气粗"唱得荡气回肠！

城下李下，涕泪滂沱。

匪妻植菊

顽劣匪徒，在民族大义面前保存气节、亮明旗帜，竟变得血性十足，值得称道。

山匪吴起闯进家里时，植菊还睡在梦里。吴起将植菊赤裸的身子用张破席裹紧，尔后对惊醒的植菊说，别怕，我是吴起。

山匪吴起？不得好死！植菊怒声叱骂。吴起笑了。吴起想起以前抢过的女人，大多一听到他的名号就被吓晕过去，可这女子竟是例外。

吴起将植菊夹在腋下，跃身欲走，植菊焦急地喊一声等等。吴起冷笑，这个破家还值得留恋？跟我上山，要啥有啥！植菊说，你带上我的衣箱，我不能光着身子上山！吴起笑着，顺手抓起了墙角的衣箱。

吴起将植菊弄上山，拜堂成亲后才发现，植菊的下半身竟有一大片漆黑的胎记。植菊裸身线形虽美，但外像极其难看。吴起就暗悔自己白天看走了眼，只记得那天策马横穿冀阳城时，一下就被角落里貌美如画的植菊晃花了眼，还险些从马背上坠下来跌死。但他绝没想到植菊身子虽温滑如缎，却如此入目不堪。

吴起打开植菊的衣箱，里面竟满满当当是手做的嫁妆。

吴起大恸，从此不再乱搞女人。植菊也对他贴心，他便认了。

日子一长，吴起渐渐觉得植菊就是上天派给他的最好的女人了。

后来一天，植菊对吴起说，既然跟了你，你要我下山去看一个人。

吴起问，谁？

植菊说，乔三。

吴起冷了脸，抢你那天我就把那龟孙剁了，看他作甚？

植菊说，人死了我更得去，不是家里准备把我许给他，他不会死。

吴起瞪眼，那也未必，他为富不仁，多行不义！下山？休想！

植菊问，那你是要我死了？吴起答，山上有规矩，女人下山必有灾患，我的女人下山，你让弟兄们怎么看？

把命交给你

植菊一字一句道，你要我活，就放我下山！

吴起怒目盯视植菊，眼眶里似要崩出血来。然而是夜，吴起还是暗中命两个心腹放植菊下山了。没办法，他开始宠这个女人了。

植菊从乔家回来，发现吴起左手少了一根小指，问。吴起说，你别问，以后不要再下山！植菊偏问，这是哪个龟孙定的规矩？吴起说，我。植菊说，那就废了它，要么，你就废了我。这不是人定的规矩。吴起听后，哑了一样陷入沉默。

不久，植菊又要下山，这次看的，是大姐植梅和二姐植兰。吴起阻拦。不是不让你去，她们嫁得那么远，我不放心。

植菊笑了，哪里不放心？你有的是钱，再派俩人跟着我嘛。

吴起咬破嘴唇，你这婆娘好狠！植菊说，谁叫我是山匪的女人？

吴起自此，就废了那条女人永世不得下山的规矩。匪帮，却并没散伙。

转年初春，当漫山遍野开满灿灿的迎春花时，植菊又问吴起，估计我哥植竹添娃了，做妹的该不该去看看？

吴起眯了双眼，夯住植菊双肩，你啥时能给我生个娃？

植菊的话轻柔得像一团水雾。如果你行，我回来就给你生！

植菊一去三个月。再回来，已经不是先前的植菊了。植菊臂膀上缠着厚厚的黑纱，身边俩随从变成了一个男人的陌生面孔。

　　吴起单手握了匣子枪，挑起陌生男人的下颚问，你小子是哪条道儿上的？我的人呢？

　　死了。男人答道，临死前还被搅开了膛。听说了吗？日本人打过来了，不抗日你我就都得等死！

　　吴起"喀嚓"一声推上子弹，枪口一撩，说，老子手里的枪想打谁就打谁！用得着你指挥？

　　这时披散了头发的植菊就从人群里挤出来喊，吴起，快放了他！这次没有他我就回不来了。吴起听了一悚，枪口随即矮下三寸。

　　这时就有一把匕首凉飕飕地飞起来，男人在吴起脖子上划出了一条鲜艳的虫子。男人边用力边道，吴起，当年你趁我不在闯进家里，抢走我幺妹，吓死我老爹，这不共戴天之仇今天该算一算了！

　　吴起恍然，原来你就是植竹？

　　男人点点头。吴起此刻再看植菊，植菊却转了身站在一边默默地垂泪不语。吴起遂昂头大吼，要杀要剐随便！不过我手下这帮弟兄绝不会让你们活着下山！

　　植竹冷哼，怎么，还想杀我妹子？

　　吴起爆出一阵冷笑，她虽害了我，但毕竟做过我吴起的女人。我不会让人动她一根寒毛！

　　植竹听了，"嗖"的一声甩掉了手中的刀子。吴起，我不是怕你，但我今天不杀你，留你一条命有用。

　　吴起哈哈大笑，不杀我你别后悔，我从不欠外人的情！别耍花样，有话就痛快点说！

把命交给你 ﹏

要的就是你这句话。我要你去抗日!

拿我和弟兄们的命去跟日本人拼，你凭什么？

植竹拍拍胸口道，凭良心！凭你刚才欠我一命，凭你老婆差点就被日本鬼子祸害了！吴起歪头乜视植竹，拳头攥得噼噼啪啪爆响，那就我一个人跟你走一遭！

"噗嗵"一声！众人只见沉默中的植菊，忽然冲吴起深深地跪了下去，哭得像一朵雨打的梨花。吴起！再加上我肚子里你娃的命，你还能多带几条枪吗？

吴起蓦地愣住了，眼睛死死盯着植菊的肚皮，俨然像他第一次见到植菊下身时的情景。良久，吴起缓缓抬起头来，用他颤抖沙哑的嗓门嘶吼：弟兄们！还有没有愿意跟我去打小日本的？

仿佛是一通雷过，植菊和植竹的耳朵都快被振聋了。

山匪吴起

狡兔三窟，防不胜防，战乱年代要想立足和活命，没有胆识和智慧不可想象。

那年月的事，是真是假，谁也难说清。

开始是遇到荒年，方圆几百里人饿死了有五六成；接着是遭了战乱，家家壮丁都被拉去打仗，死了连抔掩身的黄土都没有，白花花的尸身丢了满山满谷；再后来就有了土匪，也叫山匪。因为这地方别的没有，就是不缺山。山是大山，高山，一连一大片，一望望不到边。这里的山匪就特别凶悍，杀人放火，打家劫舍，无所不干。

但山匪也是人，而且多是些走投无路的穷人。是人就有爹娘，所以多少还剩些良心。这地方的山匪不抢穷人，穷人也没啥值钱的玩意好抢。他们抢大户人家、抢过路商客，偶尔还跟小股正规部队干一家伙。主要弄点弹药，武装一下队伍，干过就干，干不过就溜。渐渐的，竟有了些名头。于是带头的山匪老大吴起，名字竟出现在四百里外一名团长的小本本儿里。

这名团长心胸高傲，治军严格，自持打仗很有一套。但其实这时候，正被一支游击队打得晕头转向。

团长眉头紧蹙，慢慢地合上小本儿，命令副官想尽一切办法去招降这帮山匪，以借这股势力对付神出鬼没的游击队。

副官受命带了重金前往。不料只隔一天，竟少了一只耳朵回来。副官哭丧着脸报告：这股山匪简直不是人！不但不降，而且气焰极其嚣张。

团长暴怒，正吃着的茶，径直喷了副官满脸。手中杯子也"吧唧"一声摔碎，命令部队立即集合剿匪！

一支装备精良的正规军，又足有一个团的兵力，去打一群散兵游勇、乌合之众，那还不是小菜一碟？果然很快，团长就带兵打到了匪帮老巢。

山匪们本就势单力薄，仗一开打早已跑光了一半，加上中

把命交给你

间死的死，伤的伤，只剩下吴起带几个亲信躲进山洞里负隅顽抗。团长命人连续投进一串手榴弹，洞里的枪声就哑了。

大队士兵猛冲进去，将受伤的吴起和几个山匪押下山来。

一到山下密林处，团长跨上高头大马，忽然一声断喝："把匪首的头给我砍下来！"

士兵们闻令手起刀落，"咔嚓"一声，就把吴起的头给砍了下来。奇怪的是，吴起人头虽落，却没有流出一滴血来！

众人都在惊诧，却猛觉眼前人影一晃，有人已跳上马去用把匣子枪指住了团长脑壳！

众人大惊。抬头一看，勒住团长的居然是吴起掉了脑壳的半截身子！与此同时，吴起身上缺了脑袋的地方竟又缓缓长出了一颗乌黑尖瘦的人头！

原来这吴起竟是个身形极小的驼子，方才砍掉的只不过是假头。吴起倒骑马头厉声高喝："孙子们看好了，都撂下枪！"团长满面羞红吼道："朝我这打！"士兵们一时没了主意，谁敢轻举妄动？

吴起见团长也是条硬汉，当即冷笑道："那好，今天我命不该绝，放爷爷回去跟你再战！"团长岂能输给一个驼子？当即命令部下弃了枪，放吴起等回山。

见吴起走远，团长正要转马回府，却猛听"叭"的一声枪响，帽子已被打落在地！团长惊悚未定，远处密林里却传来地动山摇的大笑。

经历了此番羞辱，团长咬牙切齿发誓要活捉吴起，亲手砍掉其脑袋以解心头之恨！

　　再次攻山，一番狂哄乱炸，团长领兵径直攻进了山洞老巢，却意外发现吴起早已被乱枪打成了蜂窝，血流成河，死状奇惨。而就在尸体旁边，却坐着一个年轻女子。

　　女子身材窈窕，貌美如花，妩媚而妖艳，看得兵将们直咽唾沫。

　　团长用手枪抵起女子的下巴，询问身份。女子却嫣然一笑，用一只纤纤玉手缓缓推开枪口，另一只手陡然亮出匕首逼住团长！众人愣住，却听女子一声娇笑："亏你们是正规军，竟不知道吴起是女人！"

　　团长欲哭无泪，只得再次放吴起走。待其一走，又暗生悔意，急忙带人去追。直追到一处断崖处，吴起纵身一跳，瞬间回手甩出一把匕首，正中团长大腿！只听"啊"的一声惨叫，团长跌落下马。

　　吴起终被摔成了一摊烂泥。团长一瘸一拐回去，恼羞成怒，命令副官速速递上佩刀，他要亲手剁掉那个侏儒和女匪的人头！

　　副官听令迅速抽出墙上的佩刀，寒锋一闪就捅进了团长的肚皮！团长双目瞪裂，两手前伸，似乎要掐住副官的脖子质问。却听副官冷笑道："二、三当家的死了，我吴起的命还长着……"

　　翌日清晨，团部里就像炸了窝。所有人都看到团长的人头正挂在高高的旗杆顶上瞪着惊恐的双眼。而也就在三个月后，山匪吴起的队伍又在山里拉了起来。

把命交给你

能人郑梓

匪徒变脸就在眨眼之间，所以要想与匪打交道，就非得是个有绝活的能人不可。

战乱年代，一个人有一身好武艺那是很吃得开的。一来能防身，不受欺负；二来可替人看家护院，混顿饱饭；再者有自己拉一支队伍，占山为王、落草为寇的，从此不再受人作践，反倒逍遥自在，威风八面。

郑梓便是一个能人。他早年先在一个胡姓财主家看场子，声名很响，远近盗贼打这地方经过都得绕道儿走。有一回，一伙儿过路土匪饿急了眼，夜里翻墙入院打劫钱物，不料刚爬上胡家墙头，立即就有千百发石子夹风带响疾如落雨，众匪徒还没明白是怎么回事，已经葬送了小命儿。

清晨起来，有人亲眼见到胡家收拾残尸就如同打扫院子里的落叶一样堆了满满一车运走。稍后胡家人便放出话来：胡家有郑爷在，谁个儿活腻了想死，咱们好心送他一程！

自此，郑梓的功夫更是声名远播。传说他的"千手飞石"绝活儿，能在瞬间击发数十枚石子，准头精确，力道沉狠，疾如流星，弹无虚发，杀伤力极强，纵有百十号人同时来犯，也只消半袋烟功夫便可致敌于死地。

郑梓在胡家就颇有地位。人人待他不薄，敬他三分，不叫他的大号，直喊他郑爷。试想一个出身低贱的穷人能在大户人家混到这境界，不全是靠了身上的能耐？

然而时间一长，郑梓竟萌生了去意。

因为一个女人。有着一双巧手的胡家四太太。

那天深夜，郑梓收拾行李就要悄然离去。未出大门，忽然被一个女人拦腰抱住。郑梓心一下就软了，有那么一瞬，他就任女人抱着，眼中热泪横流。

你真要走？女人问他。他点头。

你舍得抛下我？女人啜泣。郑梓回过头来，用力夺住女人肩膀，正是因为你，我才得走！快放手！

女人眼里霎时泪花泉涌。要走就带我一起走！死也死在一起！

郑梓听后，再忍不住，一把将女人搋进怀里！

两人借了夜色一口气奔到渡口。过了河，那边就是另一个世界。

可就在他们上船那刻，岸边忽然灯火大亮，几十条人影手持火把拦住去路。人群中间簇拥着的正是胡家老爷。

老爷面带着微笑，郑爷，你很让我失望，不吭一声就走也罢，还把我的四太太拐跑，你说你是不是不忠、不孝？

郑梓低声道，对不起，老爷。

老爷哈哈大笑，那就留下吧，或者是她，或者是你。留一个就行。

女人抬头望着郑梓，却听他道，对不起老爷，我们一起出来的，一起走。

把命交给你

老爷的脸突然就变得狰狞。忘恩负义的小人！离这么近，你的石头留着沉尸吧！说完大手一挥，手下已利器在握迅速围拢。

郑梓手起石飞，先已将为首的几人放倒，待众人一愣，却惨然一笑，抽出腰中佩刀，"唰"地一声将自己右臂齐齐砍了下来！

众人大惊失色，猛听郑梓喝道，老爷的恩情，我永世难忘，这条膀子是我赔给老爷的！

老爷连声冷笑：谁不知道你是"千手飞石"，说不准哪天就会回来报仇？要走也行，另一只膀子也留下！

说时迟，那时快，老爷话音未落，早有人举刀就劈。女人尖声惊叫，却也无济于事，郑梓毫不躲避，一条左臂竟也被生生砍断！

郑梓清醒时，发现自己正躺在船上，女人眼睛早已哭成了桃子。郑梓想抬手抚摩一下女人娇嫩的粉脸，却猛念双臂失了，竟不禁笑出声来……

为避战乱，两人专走山路。忽一日，被一群土匪捆上山去。也巧，匪首吴起也是能人，酒量大、会耍枪、喜欢女人，落草前与郑梓认得。此时见郑梓落难，又见其身边女人姿色娇美，早就动了恻隐之心，忙叫人好生招待。

郑梓推辞不过，却见吴起眉宇紧蹙，忙问所为何事？吴起一声长叹，兄弟过去也算能人，实不相瞒，附近一个山头的匪帮整天跟我抢地盘儿，不按"规矩"走路，最近与我结下梁子，约在这月十五盼月溪决一死战！死我倒不怕，只是担心弟兄们兵器不利白白送死……

　　郑梓却道，阎王叫你三更死，谁能活上五更天？去尽管去，是输是赢，早已注定，不如喝酒！吴起听了，一拍大腿，终于下了决心！

　　这月十五，吴起带人倾巢出动，直奔盼月溪去。然而出乎意料，竟不见对方半个人影。等忽然醒转，才发现为时已晚，对方调虎离山，正是为了直捣老巢！

　　吴起急忙带人回奔，纳闷的是一路并未听见一声枪响。待众人冲上山来，只见对手早已东倒西陈，尸残体损，血流如河！

　　郑梓和女人倒装束一新，远远坐在洞外血红的夕阳之下。

　　吴起心跳如擂，心中一凛！原来郑梓压根没废，传说中的"千手飞石"绝活儿，并不只靠膀子，那是全身的功夫！

　　吴起就眯了双眼笑着，缓缓靠上前来，手中的匣子枪突然"叭勾"一响，子弹在郑梓的头上炸开了花。

　　吴起吹着冒烟的枪管，淫笑着对女人说，功夫再好也比不得枪快，今后你就是我的七姨太了！

　　话音未落，吴起却发现：身边坐着的，竟是一对纸扎的假人！

赌　石

赌石赌的不是石头，甚至也不是钱财，而是人的诚实品质。

把命交给你

寒风呼啸，雪霰纷扬。

一个人影囊囊地奔进陈函教授家中，举起一杯热茶"咕咚""咕咚"喝得正急，突然仰天直喷出去，喉咙里连声咳嗽不停。

手攥菜刀、身系围裙的陈函，低头从镜片上眺视来人，却听那人急道："陈教授，我是冯致啊！"

"你是疯子！"陈函冷冷一声呵斥。突然，怃地一声，又乐了。"老冯啊，有半年不来了吧？先坐，我正包饺子，韭菜海米馅儿的！"

冯致大声喘着粗气，"噗噗"吹掉肩头白花花的落雪，上去一把就扯下了陈函的围裙："老陈，快救救孩子！"

"女儿？她怎么了！？"陈函两道内粗外疏的眉毛，顿时蹙成一团。"难道你这次来……是为了鉴石？"

冯致低下头去。

三年前，陌生人冯致揣着一块四斤重的石头敲开陈函的家门，忽然就跪地不起放声嚎哭。原来老冯女儿患上了骨癌，实在没办法，他竟参与了"赌石"！

所谓"赌石"，就是花巨资购买昂贵的玉石籽料，看其外表被包裹的风化层，赌其内质的优劣。一块玉石籽料在切石刀下，有可能出现的是富可敌国的财富，也可能只是一文不值的垃圾！所以又有人将"赌石"称为"地狱与天堂的游戏"，要想赌准，简直难上加难！

然而幸亏有了三年前的那次鉴石，冯致只花三万元买来的石料，一转手获利竟有八十万！终于凑齐了女儿的手术费用。

冯致那次临走，陈凼曾再三告戒他说："'十赌九输'，赌石无异于赌死！医好女儿，就此收手吧！"

年近花甲的陈凼，在退休前曾是某大学地质系教授，早年清华大学毕业，留学德国五年，对岩石研究可谓登峰造极，多年前他就曾创下的鉴石记录至今还令人瞠目结舌：连看六十块籽料，只走眼过两次！

如此的眼光，若肯赌石，亿万家产简直易如探囊取物。只可惜，陈凼眼力奇，性格更为迥异，名声正盛时却忽然宣布"退隐"。三年前的那次，若不是老冯声声血泪，他哪里就肯轻易出山？

经过了那次特殊意义的鉴石，老冯却与陈凼成了朋友，简直就是"生死之交"。老冯先前做过生意，妻子出车祸后，一直与女儿相依为命。陈凼也结过婚，但那是三十年前的事了，妻子没有为他留下子嗣便得了肺癌病逝，从此陈凼一直独自生活。

相似的人生坎坷使陈凼非常珍视与冯致的交情，更是视其女儿如同己出。

这一次，冯致又来求陈凼鉴石。"女儿近期又查出了白血病，要想活命，必须骨髓移植，这一切至少需要一百万！"

陈凼内心悚然。面对冯致拖出的那块巨型石料，心情沉重无比。

"老陈，求求你，最后一次！救人救到底吧……"

陈凼皱着眉问："这块料，多少钱？"冯致垂头回答："要价七十八万。""你哪来的那么多钱？""借的！求求你

把命交给你

啦老陈……"

陈凼用力闭上双眼，那个柔弱乖巧的女孩一下子又跳了出来。

陈凼步履沉重地走进卧室，再出来时，手里端起了放大镜。

不过陈凼再一次告戒冯致说："你要想清楚，肉眼的鉴赏，绝非最终的结论！我只是鉴石，是鉴赏，谁也没有十成的把握……"老冯频频点着头说："如果连你也看不准，那就是老天绝人之路了！我相信你，不会看错的！"说话间，冯致浑身竟已汗湿。

半个多时辰过后，老冯终于看到了陈凼疲惫却自信的目光。于是，抱起籽料惊喜而去。

三天后，陈凼正在房间里打太极拳，忽然接到了冯致的电话。电话里的老冯就像个爆竹，在那头轰然爆炸了。陈凼听了沉重地只说了一句话："老冯，你过来吧。"

很快，冯致就怒气冲冲地席卷而至，并将那块纵向切割了的石料重重掼在地上。

陈凼盯望老冯片刻，一语未发，最后缓缓走进里屋，双手捧出一块通体泛白、暖壶大小的石头来。

老冯整个人立即惊呆了，他目光所及处是一块上好的羊脂玉籽料！如果这是陈凼的珍藏，想必价值无法估量！

"知道我为什么那么痴迷于鉴石，却自立规矩退出这个行当？"老冯听了摇摇头，目光盯着石料异常僵直。

"三十年前，我和得了绝症的妻子去新疆做最后的旅行，我发过誓，要让她最后的时光充满幸福，准备把家里所有的积蓄都花在旅游路上，让她没有遗憾地走。可这个世界上有谁比她更了解当时的我呢？那时候我正痴迷于鉴石，一心想以此发财。于是当我流连在和田集镇上，盯住这块石头时，她说什么也要从那位维吾尔族大叔的手上花九千元钱为我买下它！她知道我喜欢它。她说，那就是她送给我的最后的礼物……

"这么多年过去了，说实话我也不知道它的真正价值，当年我还年轻。或许它价值连城，或许根本就分文不值。现在你拿走吧！我只恳求你以籽料卖掉，不要亲自去切开它……"

老冯抬起头来，眼里已全是泪花。

又过了两天，陈凼竟急匆匆地突然找到了老冯门上。"快告诉我！那块籽料你卖了没有？"

老冯先是惊愕，继而沉默，随后疑惑地问："还没有……你后悔了？"

陈凼激动地说："你留下的那快籽料切割方向不对！我让人换了一个角度重新剖开了，下面不但有玉，还发现了几十条玉虫化石！听说过吗？'一虫十万'呐！老冯！咱们有钱了！"

冯致仍自将信将疑，却见陈凼将石料从箱子里抱出来推给自己："接着，你看！"

冯致哆哆嗦嗦却并不伸手，盯住了那块石料，突然双手抱头猛蹲下身，嘴里赫然发出一声长叹！

"老陈呀，其实女儿没病……"

把命交给你

大哥的飞翔

天才往往不被常人理解，正如原始社会的人永远无法想象现代世界。

大哥从南方回来，完全像变了一个人。

原来他西装革履，油头粉面，英俊潇洒，仪表堂堂，可现在却变得沉默寡言，倦怠猥琐，神形怪异，终日躲在屋子里不知道忙啥。

家人为此忧心忡忡，又不忍心打扰。只当是他那颗高傲的心，终于厌倦了漂泊，回到了他已经有些陌生的家。

那天，大哥趁家人不在，突然神秘地对我说："弟弟，你去帮我弄点钢片来好吗？"

"当然可以。"我在一家机械厂上班，弄点碎料很容易，但我不禁要问大哥："你要那些东西干什么呢？"

大哥说："你真想知道？"我说："想。"

大哥说："我正在制作一种飞行器。简单点说，我想飞。"

我以为大哥病了，或者疯了，不可置信地问："你想飞？……"

"不错。"大哥说："这里的生活太枯燥，想想南方，我都快窒息了。"

我还想继续发问，或者给大哥详细测量一下体温，但被大哥厌烦地阻止了。

我陆续给大哥带回了他想要的一切，包括碎钢片、旧电池、硫磺、盐酸、竹匹、麻绳、大号的可乐瓶子和十四号细铁丝等，当然，我把大哥"想飞"的念头也及时汇报给了家人。

父母听了，一边愁容满面地望着大哥黑洞洞的屋子，一边嘱咐我和妹妹，千万不可瞎说，大哥是在南方盖楼时摔了一次，人家还赔了两万块，但那次只摔折了腰椎，治疗后基本行走正常，他是累了说糊话呢。

我鸡啄米似的点头，而妹妹却笑成了一只虾米。

果然，没多久，整个小城都传言大哥疯了。是妹妹不小心走漏了风声，她因此差点被我爸妈打死。

所有人都在传播大哥的坏话。有的说大哥在南方摔坏了脑子，已经是个废人了，爸妈听了终日以泪洗面；有的说大哥疯了还是便宜了，怎么就没摔死呢，当初是大哥抛弃了紫鹃啊。我听后也哭了，大哥怎么就那么傻呢，放着小城最美的女孩子不娶，偏要跑到南方去，难道世界上还能找出一个比紫鹃更好的女孩子来吗？那不是妄想吗？

还有人说大哥的抑郁，是情痴才有的症状。"从你的房子里面走出来"，他们甚至大笑着改编了流行歌曲，"走出来我的男孩，不要让爱你的人在门外徘徊"……

紫鹃也来了，她流着泪，就站在我家窗下的蔷薇丛中，要大哥下去一趟。可大哥断然拒绝了紫鹃的邀请。屋子里继铁锤之后又响起了电锯的咆哮。

后来大哥就更不像话了。他再也不肯走出屋子，一日三餐只是靠我们从他在门上挖出的一个洞里送入。而且，他的饭量出奇得小，一度，小过了我家喂养的那只狸猫。

父母猜测大哥是否染上了毒瘾？他们胆战心惊再三窥探大哥房间，最终断定大哥的确已经疯了。大哥几乎彻夜不眠，通宵达旦地制作着他的飞行器，地上布满了厚厚一层废料。

那天父母要出门，临走叮嘱我们随时注意大哥的动向。谁知他们刚走，大哥便破门而出。大哥几乎是个裸体，浑身上下只有一条三角裤头遮在腰际，大哥的四肢上分别戴有四个护腕似的钢套，上面布满了不明按钮。

大哥说："我要飞了！"还未等我们反应，已经腾空而起，像只老鹰一样飞出了屋子。

接着，小城就轰动了。几乎所有人都在仰视。他们亲眼目睹着大哥单薄的躯体像动画片里的铁臂阿童木一样高高飞翔在空中。大哥自信地微笑着、呼喊着，不时伸展他的双臂，像只大鸟，不，像一个英雄那样向所有人致敬。

所有人热烈呼应，包括我出门在外的父母，他们热泪盈眶。

大哥在空中不断地变换着姿势，他翻转身体，曲伸四肢；一会儿高走，一会儿俯冲；越过低矮的平房，飞过七层的百货大楼。人们惊呼着奔走相告，向着大哥飞翔的方向奔跑，对着大哥拼命地发出各种吼叫，而满头热汗的大哥持续用丰富多彩的姿势——满足着观众的需求。这时候，我发现大哥真像一个演员，竟有着无与伦比的表演天赋。

我还发现，人群中急急地跟着一个女人。是她，一点没错，是紫鹃！她也来了。我一眼就把她从人群中认出来了。她还是那么得美。

随着前方突然的一阵喧哗和骚乱，我看见紫鹃的高跟鞋被挤掉了，她几乎要被人挤倒了！我想大哥你在哪里呢？你快过来救一下紫鹃啊！

可当我抬起头来时，却看见一具白骨正在风中的电线上剧烈抖晃。是什么被烤焦了？半空中落雨似的掉下一堆废铜烂铁。

追 忆

当纪念逝去的亲人只能依靠频繁的讲述，将内心的痛苦一次次挖出来呈现，纪念就不再是纪念，追忆也不再是追忆。

火灾发生在深夜，由于猝不及防，很多人都丢掉了性命。

杜百厘惊醒时，爷爷、奶奶、爸爸、妈妈，包括临时来家小住的大哥一家三口，都已全部遇难。

那一刻，火势虽已漫进卧室，但杜百厘是能推开窗口，从一楼跳出去逃生的。

可杜百厘没有那么做。她忽然想起隔壁还住着一对双胞胎姐妹，隔壁的再隔壁，临时住进了一个集训团队，小小公寓里足足挤住了有二三十人……

杜百厘疯狂地冲向火海，像只英勇的飞蛾唤醒了沉睡中的人们，却在最后时刻被一根巨木砸中了后脑。

把命交给你

大火终于被扑灭。楼房狼藉一片，医院里塞满伤员。医生和护士忙碌不停，记者和官员走马观灯似的更换。

杜百厘刚从重症病房转至观察室，就被汹涌的人流层层夹裹。

"请问你在痛失所有亲人的情况下，放弃逃生选择救人，当时是怎么想的？"

"据说你就像一个大火球一样冲到房间里救人，当时就没感觉到疼痛吗？"

"生死时刻承受着失去至亲的巨大悲痛，你又是如何做到冷静和坚强的？"

杜百厘憔悴地望着众人，嘴唇刚欲开启，却突然失控地哭出来。

哭声越来越大，歇斯底里，完全无法抑制和劝慰。

众人只得沉默，直到杜百厘由痛哭变作了抽泣，才降低话音继续采访。

杜百厘注定要成为平民英雄，成为这座浮躁城市的精神偶像。面对一拨拨的记者和慰问人群，她的回答是那么感人肺腑又哀婉悲怆！

很快，书记在电视里号召："我们一定要深入学习杜百厘同志的英雄事迹，深刻挖掘在这场灾难中迸发出的崇高精神，扬我奉献之风，塑我时代之魂！"

市长在报纸上倡议："全市广大人民群众要积极行动起来，就如何发扬杜百厘同志的大无畏精神进行深刻研讨，从而迅速形成学习热潮！"

市电视台对杜百厘进行独家专访，并请杜百厘回到火灾现场，实地解析摄录了电视专题片《烈火巾帼》；城市日报连续两天推出《烈火铸就城市精神》专版，并配以杜百厘屹立残垣断壁中的大幅照片；出版社紧急向杜百厘约稿，第一时间内编纂出版了《在烈火中永生》；电视剧创作中心以杜百厘为原型，紧锣密鼓地赶拍了二十集电视连续剧《哭泣的凤凰》。

随后，杜百厘事迹宣讲团迅速成立，并应邀在全国二十余座城市巡回演讲。由于杜百厘不擅撰文，宣讲团破例让其现场发挥，理由是只有朴素的真实更能获取最佳效果，更能打动人心！

杜百厘开始在二十座城市间穿梭，她第一次坐上了飞机，甚至是第一次坐火车，第一次吃到了西餐，第一次因沾酒而酩酊大醉。

她在各个陌生的地方一次次泪洒当场，她的讲述由一开始的磕磕绊绊，不时的停顿、卡壳，变得顺脱而流畅。面对始终热情的掌声和目光，她在心里一次次完善着讲稿，将沉默、激昂、战栗乃至哽咽做得尽可能适时而自然。渐渐，她变得胸有成竹游刃有余，那些不断变幻的层出不穷的生动的鲜活的身临其境的词语，不时激发着她持续的惊喜，更难能可贵的是她每一次讲到在大火中失去所有亲人时，眼泪总是恰到好处地汹涌而至。

一次次投入地动情，使杜百厘渐渐习惯并兴奋于剖解内心的过往。她感觉自己正向无数听众一次次地捧出心脏，尽管它已面目全非，残缺不全，鲜血淋漓，可她沉醉于将它完全地掏出来托在手上，对准伤口进行反复清洗和揉搓，于雷动的掌声和轰鸣的意识里谛听着伤疤的崩裂与开绽……

把命交给你

三个月后，杜百厘在北京某大学礼堂进行最后一次演讲时，遇到了一个眼光发烫的男孩。那次演讲一结束，他们就在后台相识继而开始了闪电似的恋爱。

男孩看似高大，内心却无比柔软。他深深为杜百厘的悲惨遭遇和英勇事迹所打动，发誓从此以后竭尽全力地珍爱她的后半生。

然而杜百厘很快就给这段恋情画上了句号。宣讲团一解散，几乎所有人，包括那些曾经火热的城市都骤然对她失去了兴致，杜百厘陷在巨大的虚空里，陪伴身边的似乎也只剩下了这个男孩。

可杜百厘还是越来越觉得自己跟这个温文尔雅的人格格不入。

男孩终于不甘心地追问："为什么要分手？你失去了那么多亲人，正处在一生中最晦暗的低谷，究竟有谁还能像我一样谨慎地不再让你触及旧伤？"

杜百厘长长地呼一口气，说出一句让男孩目瞪口呆的话来："我也不明白为什么，可我迫切需要有人倾诉悲伤，否则我将会彻底抛弃了我的亲人！"

忘 记

当忘记过去的遭遇只能依靠忙碌的奔波，将内心的痛苦一次次刻意闪躲，回避就不再是回避，忘记也不再是忘记。

噩耗传来时，曲三莼显得意外冷静。

这种意外是指两方面的：一是她自己本人，二是除她自己本人外的所有人。

非议随之甚嚣尘上，就像镁光背后喷散的烟雾，很快就遮挡住了灯光。

丈夫还很年轻，年轻除了有强烈的正义感外，还有无可避免的轻率。于是在那次抓捕通缉犯时，他单枪匹马出击，身重数刀而壮烈牺牲。

当然，人们在正义和轻率之间，更看重的是前者。

所以曲三莼的丈夫成为英雄。

英雄是最需要被缅怀的，人们纷纷走进英雄的单位、故居，了解其生前的成长经历，瞻仰和回忆英雄的光辉事迹。

应该说，人们都是虔诚的、悲痛的、肃穆的和崇敬的。

这就愈发凸显了曲三莼的不和谐。

曲三莼作为英雄的遗孀，非但没有在噩耗传来的那刻痛哭失声，而且居然并没过多盘问丈夫牺牲的详细过程，甚至哪怕到单位或医院里适可而止地闹一闹、提几点要求——人们也是理解的，但统统都没有。

于是有人怀疑她们感情不和，曲三莼极可能早有外遇。当然外遇也分好多种的，例如精神上的与肉体上的。

但这种说法很快就被英雄生前的日记证实为谬谈。曲三莼和成为英雄前的丈夫不但感情和睦心有灵犀，而且就连性生活都是那么尽善尽美。

可这又怎么能遏制住想象与猜测、怀疑与非议、谩骂与

把命交给你

激愤？

"她自始至终连一滴眼泪都没流！"这确实是很多人都观察到了的，即便在最终火化英雄尸体的那一刻，曲三苃也没出现过任何过激的表现。

"她对待前来吊唁的领导和亲朋出奇得冷淡，仿佛躺在面前灵柩上的人与她毫无关系！"这一点非但被所有人察觉了，而且非常为之感到不快和不安。

"她简直就是一块木头，一块石头，一个枕头，冷酷无情，又臭又硬，将来无论睡在哪张床上都一样恶梦不停！"人们喋喋咻咻，愤懑难平。

直到最后一个纪实传记记者将事后曲三苃不顾婆家的反对，兀自去妇幼保健医院做了人流手术的事情揭发了出来，整个街谈巷议甚至公共舆论才达到了前所未有的统一和高潮。

"这是个什么样的女人？心比蛇蝎还狠！"

"见过自私冷漠的人，没见过这么自私冷漠到极点的人！"

"人间自有真情在，莫让英雄流血再流泪！"

曲三苃在这座城市的知名度很快就盖过了丈夫。一提起"曲三苃"这三个字，整座城市的人好比闻到了臭屁，踩到了狗屎，无不龌龊恶心、痛骂躲避。

这些，曲三苃自己当然都是知道的。

她比谁都清楚自己的处境，可她又好像比谁都不了解自己。

自从丈夫牺牲的噩耗传来那刻起，不知为何，该失声痛哭的她没有痛哭，该软弱晕眩的她没有晕眩，她居然就是那么冷静地听着那个消息，听凭自己的心脏于刹那间"卡吧"一声停跳了几秒钟，然后又神奇地恢复了正常。

她还以为自己来不及悲伤就已经死了，但是她没有。

这一切外界当然不得而知。

但是从那以后，她就开始逼迫自己开始忘记这一切，逃离这一切。起初这样做，她以为只是她不知好歹的下意识在作祟，以期保护腹部里的幼小生命。可她渐渐地发现，自己的魂魄实际上在那一刹那间就已碎裂消散——她不再是她自己了，她无法再做自己，她越来越害怕自己还是自己，最后就连她自己一直庇佑的小生命都觉得是那么沉重、虚幻、孤独、可疑……

她沉溺于那种恍惚游离中无法自拔，无法流泪，更无法在意哪张吊唁的脸是谁是谁。既然没有在恰当的时刻里痛哭、晕眩或死去，那她迫切需要忘记，她唯有忘记，她只能忘记。

她背负着骂名离开了这座城市，改名换姓，找到另一份工作，远离公安局和派出所，从不与丈夫同姓或同名的人结识与交谈，不和任何幼儿微笑和嬉戏，生病从不进医院。这些还都不算什么,曲三莼最迥异于往的是进入一所大学旁听起了外语，可尚未等到她学业有成，那个外籍教师就在一天夜里将她放倒在集体宿舍的单人床上。

同居三个月后，曲三莼与之双双飞去了法国。

远在千里之外，曲三莼对新生活充满了新奇和热情，开始让自己忙碌得像个陀螺。时间一长，外教男友一向不灵光的感觉却忽然琢磨出了异常。尤其是他无论如何也搞不明白为什么

把命交给你

曲三茷做每件事都么疯狂。

"为什么？你这是怎么了？！"外教不解地问。

曲三茷脸色煞白，但一脸坚定决然地回答："因为忘记！因为我要忘记！"

曲三茷终于没有拿到绿卡。

邀　请

真正干事创业的人不惧流言蜚语，真正的干事创业也一定经得起查收检验。

听说老仝调到半坡湾当书记，很多好友前去送行。

饭桌上，杯光交错，一派热闹，其实众人心里却五味杂陈。

这半坡湾，什么地方？

首先是偏。俗谚道："半坡湾，半坡湾，老叼一来黑了天！"老叼就是老鹰，鸟翅膀一扇就能遮住的地界儿，能不偏？

其次是穷。全镇没有任何工业，连政府用房都是 20 世纪80 年代的石头建筑。

再就是超生。越罚越穷，越穷越生，恶性循环。

然而，这还都不是最可怕的。对一个地方的执政者来说，最尴尬和耻辱的，莫过于丢官或入狱。而偏偏在老仝之前的四届镇领导，或因贪污受贿，或因挪用侵占，或因浸淫女色，全都不幸落马！

所以半坡湾，庶几成为当官者的"不祥之地"。

老仝很快就有了醉意，但生性倔强的他迎着纷杂的目光，暗暗告诫自己：挺住，临危受命，未尝不是一种置之死地而后生的契机！

其实这场饯行，老仝最希望能来的一个人，却最终没出现。

那就是他县检察院反贪局的老同学马行健。

想当初，他们都在北京郊区武警某部当兵时，在一次投弹训练事故中，可是他老仝及时冲出去挽救了马行健的一条命……

三天后，老仝正式走马上任。让他意外的是，一封信竟先期而至。

打开来看，上面只一句唐诗：

"我寄愁心与明月，伴君直到夜郎西。"

老仝嘴角一撇。马行健，我才不稀罕你的愁心，半坡湾也不是夜郎西，从现在开始，我就要与这块土地同生死共荣辱！

半坡湾不是穷吗？老仝立即提出招商引资，并身体力行。三个月后，老仝利用同学的引荐，成功建起了第一家规模型咸菜厂，一举将全镇过去只能当野草处理的桔梗推销到了海外。紧接着，百亩无公害林果基地开始竞标投建，半坡湾绿色旅游长廊初见端倪……

把命交给你

老仝瘦了一圈，但站在半坡湾山头眺远，他激动地拨响了马行健的电话。

"马局长，不要太脱离群众，来半坡湾看看吧？"

马行健却说："老仝啊，虽然我很挂念你，但我现在不能应约，难道你还不明白？我干这个，咱俩关系又那个，得避避嫌啊！"

"是怕丢了乌纱吧？！"老仝随手就挂了电话。

鼓着劲的老仝又开始狠抓素质教育。

他和干部们层层分工，走街串巷与村民推心置腹。一遍遍，一次次，间或将帮扶的事也一并做了。渐渐，超生游击队开始瓦解，辍学幼童大量返校，计生成绩的回暖还破天荒加大了县里扶贫拨款力度，使守法村民得到了实惠。

更为喜人的是，国家筹建的一条高速公路恰好贯穿该镇南部。按照民间说法，"一条高速建起来，一批干部倒下去"，高速路往往成为不法分子腐蚀干部的温床。可老仝偏不信邪，天天深入田间地头与村民丈量占地、数点赔款，坚决遏制瞒报、侵占、行贿和受贿。

等到高速路贯通那天，半坡湾已然脱胎换骨。

也就在这时，马行健与一批领导突然出现。

老仝一班人自然热情接待，然而马行健却不苟言笑，并直接道明来意。原来，他们是接到举报信，特来调查核实的！

老仝听了，立即吩咐各人全力配合调查。同时马行健也不含糊，带人里外前后转了一圈，连传人带谈话加查账，历时整整三天，结果令所有人目瞪口呆：半坡湾所有镇村领导非但无一人腐败，而且半数以上还都有着不为人知的感人故事！有的人以镇为家，干脆将老婆孩子接到乡下来当起了农家人；有人自己赔工资掏存款，帮助镇办企业脱离困境；就连举报老仝包养情妇也纯属造谣，其实那是老仝的亲侄女大学毕业后被老仝拉来支援山区教育事业的……

调查组无不反戈喟叹，对半坡湾的嬗变给与了高度评价。

眼看调查报告写完，老仝私下里对马行健说："老马啊，告诉你个秘密，其实那封举报信就是我写的。为公，是让你来看看我都干了些啥；为私，是我真想跟你练练酒了！"

马行健听了，同样哈哈一乐："老仝，我也告诉你个秘密，我早就猜到了信是你写的！否则，我弄这么大声势，忽悠这么多领导来半坡湾干吗？"

杀　腰

一根扎腰绳，串起几代人的坎坷命运。一个家，只有一家人一条心，才能富裕安康；一个国家民族，也只有一条心，才能繁荣富强。

爷爷在世时，常穿一件老土布坎肩，腰里扎一根绳子，露出一面嶙峋的胸。

把命交给你

　　那绳子，扯自旧纺车织出的老土布。约三寸厚，七尺长，上面浸满了汗迹和灰垢，但拧几圈后扎在腰外，显得分外力量。

　　那时候，石头还小，父母将他撂在乡下。爷爷上坡开荒，他就屁颠颠跟着。日头滚烫，爷爷"呸呸"往手心里啐口唾沫，两手攥住腰间的绳子，狠劲杀几个紧扣，就开始"吭哧""吭哧"刨地。

　　爷爷没刨一会儿，忽然顿住，问石头："你笑啥？"石头说："爷爷刚才掉了裤子！"爷爷佯装发怒，将锄头往地里一杵骂："你懂个啥！爷爷这叫杀腰！杀腰你懂不懂？"石头乖乖说："杀腰的我不懂。"

　　爷爷愈发严肃了："孩儿不懂就不懂，还敢学小鬼子讲话！"随后也笑了。爷爷在石堰上蹲下来，点一袋烟锅，慢丝丝地抽着说："石头啊，爷爷今天就告诉你杀腰是怎么回事！"

　　那时候战斗打得紧啊，爷爷那个营在老南边的一座山头上，跟小鬼子们干了整整七天七夜，七天七夜啊石头，子弹打光了，粮食吃光了，水也喝净了，还得守住阵地掩护老百姓撤退。

　　爷爷那时候刚当兵，比你才大几岁？说实话，见那阵势也吓得腿肚子打转！尤其是看见战壕里被死尸垛满了，有人肠子都白花花流到了肚子外头，爷爷又冷又饿又渴再加上害怕，眼看连站都站不起来了。

　　可偏偏这时候，小鬼子们又扑上来了。他们像大粪里的蛆一样漫山遍野都是，武器也好。爷爷正不知该咋办，就见我们连长忽然又从死尸堆里站起来！他摇摇晃晃用一把带红缨子的大刀撑起身子，朝战壕里吼："活着的都杀杀腰冲出去哇，跟鬼子们拼了！"

　　爷爷亲眼看见连长用嘴咬住大刀，双手在腰前狠狠地杀紧裤腰，几乎快将肚子杀到脊梁上去了，然后操起大刀率先冲出了壕沟，转眼就砍翻了一群鬼子。

　　就在连长的带领下，爷爷愣是和三五个活人跟着冲出去。可最后连长还是牺牲了，爷爷身上也中了一排子弹。等再醒来，爷爷看见鬼子正在壕沟里用刺刀挨个扎战士的肚子，而凡是冲出来的人他们理都没理。

　　爷爷就这么捡回了一条命。

　　那场仗，要不是听连长话，杀杀腰冲出去，那爷爷早就死了！也就没有你爹那条小命和石头你这条小小命了！不过那场仗才叫爷爷明白了，什么叫残酷，什么叫信仰，爷爷就是打完那场仗入的党呢！

　　爷爷讲完故事，忽然敲敲烟锅，"唰"地一声站起来，叫石头看着他杀腰：爷爷先是将腰绳松开，用胳膊肘夹紧裤腰，腾出两手抓住绳子两头，交叉将绳子狠狠杀进腰里，然后系个活扣杀紧，直杀得爷爷上身鼓起一片扇形的骨头，然后两手再在腰前系一活扣，狠狠杀紧，又将多余的绳头窝起来。如此，他的腰身像极了一面圆鼓、一张满弓，大有将荒山野岭移为一马平川的气势！

　　多年过去，石头仍能清晰地忆起这个场景。当时杀腰的爷爷威风凛凛，仿佛再有一把飘着红缨的大刀握在手中，就俨然成了那位冲锋陷阵的英雄连长！

　　石头当年回城，跟父母已很生分。父亲因犯了事被关进牢狱，母亲悬了梁。十年后，父亲被放了出来，在一家兵工厂找到了已经结婚生子的石头。

然而，一家人共同生活不久，石妻得了一场怪病，浑身溃烂无钱医治而去。石头痛不欲生，埋怨父亲是颗"灾星"，在自己最需要的时候缺席，在不该出现时带回了满身晦气！父亲含泪而别。不久，托人捎了封信回来，随信寄到的，还有一条破旧的绳子。

"石头：父亲没有任何钱财留你，寄去的腰绳是你爷爷抗日时扎过的，你母亲自尽时用过的，我重回部队科研所前一直带着的。上面有我们一家三代人的体温。吾儿切记，困难是暂时的，信仰是永恒的。无论何时何地，把腰杀紧！"

石头站在低矮的屋檐下，含泪抚摩手中的绳子。忽闻近前一阵铿锵碎响，是街道办的妇女们正在载歌载舞地庆祝新年。石头看见拥挤的人群中有自己花苞样的女儿，她正系一条大红色绸子踩着秧歌，腰杀得很紧，昂首大步前行。

春华秋实

大富大贵并不一定是人生最有价值的收获，与荣辱不惊、身体康健、内心踏实，后者才是真正的春华秋实。

县长李雪刚处理完公务，接到父亲李永志的电话。"晚上回家吃饭吧，我和你妈准备了好菜。"

李雪笑应："正好嘴馋了，我回去叫着小美娘俩过去。"

"自己过来吧，老头有事跟你谈。"接他话的，是母亲王琦。

李雪心中纳闷，这是唱的哪出戏？出了办公楼，自己开车直奔父亲家去。

进了屋，李雪见父母正襟危坐，不禁忒地乐了："怎么，两位终于想通了，去台湾还是飞国外？"

李永志忽然正色道："你时间紧，咱长话短说不绕弯子，还记得我以前有个叫刘学明的部下吗，就你刘叔叔！他儿子现在在北京要开奶厂……"

王琦快人快语，"人家要请你老头子出山！"

李雪满脸诧异："您这么大岁数了……"

李永志说："我虽然六十多了，但身体结实，还能干点事。"

李雪深知父亲不服输的脾气，"那是，那是。"

王琦又说："老头子念旧呢，我说不了他，眼下就听你当儿的一句话啦！"

李雪心里明白，父亲心里有种特殊的"北京情结"。他20世纪60年代在北京当兵，给首长站过岗，这几乎影响了他一生。退伍后，父亲分配到县织布厂，直到后来干了厂长。

退休后，父亲有不少机会旅游，可他唯独对北京情有独钟。这些年，他最常在嘴边念叨的，也就是在北京当兵的那些事和留京的那些老战友。

想到这里，李雪一字一句道："爸，你想去，我不拦，但

把命交给你

得保重身体！"

李永志听了竟一时红了眼圈，没再看儿子，而是一把紧紧攥住了老伴的手！

话说李永志到了北京，厂子虽在郊区，但搞得规模挺大。尤其开业那天，还请了两位著名主持人。彩旗飘飘，礼炮喧天，头发花白的李永志，名牌衬衣上佩戴着大红色的"贵宾"绢花，心情从未有过的喜悦。

年轻的刘总没有食言，当场宣读了公司任命，李永志担任奶业公司行政总监，搞得李永志心情豪迈激情燃烧，丝毫不亚于当年为领导站岗放哨！

隆重的贺宴之后，公司还请来了京城著名书画家现场献艺。其中，刘总特别为李永志引荐了书法名家吕亦方，称吕也是家乡老表，早年来京求学拜师发展，如今已是赫赫有名的大家。

李永志不通书法，但向来敬重文化人，一番寒暄畅叙，吕亦方也兴趣大开，专门为李永志书写了一副大字："春华秋实"。李永志很喜欢这四个字的含义，且这幅大字乍看写得铁画银钩、力透纸背，再看却又鸾翔凤翥、水墨淋漓，尤其"华""实"二字，笔走龙蛇、浓彩重墨，如渴骥怒猊，如游云惊龙，着实臻微入妙，令人大饱眼福。

李永志如获至宝，从此夜夜展读，精神更甚从前。

然而，李永志也有尴尬的时候，公司实行现代化、无纸化、网络化办公，李永志难以适应；好容易熟悉的年轻同事，不几天或被炒了鱿鱼，或是自动跳槽，很难用老一套经验管理。

其实这些都不关键，李永志还发现刘总精力根本不在公司。例如职员大批频繁更换、奶厂大部分时间空置、产出的少量奶产品根本难以通过检验，这些对一个企业来说是致命的，对他李永志来言更是难以接受的。

如是仨月，李永志消退了先前的豪情，尴尬也变成了忐忑和惊恐。终于，他还没来得及遍访留京老战友，便递交了辞呈。

刘总极力挽留无果，称李永志在公司创业之初发挥了巨大作用，遂将其住过的一套三室两厅公寓相赠。

李永志哪里肯受？回到老家，心里仍然忐忑，直叹是自己老了，心态不行了。唯独将那副"春华秋实"的大字装裱悬挂后，每每仰头流连，心情渐能平静如初。

不久，李永志从午夜恶梦中惊醒，忽听房门被人敲响。打开门，来人亮了证件，然后鱼贯而入，径直将墙上那副大字取走了。

李永志就瓷在那里。忘了时间，任泪水潸然落下。

原来，儿子李雪出事了。县里正面临换届，有人在这节骨眼上状告李雪。

当李永志闻听事情还牵扯到了北京的刘总时，一下子病倒在床。他想起了那副被人半夜取走的书法。他觉得耻辱！

然而，李雪竟没事。非但没事，反而因为纪检监察组的彻查，证明了李雪的清白，还一下公开了其许多不为人知的事迹：例如"私生子"其实是其私下救助的贫困学生；"小情人"其实是他说服的多位亲人子女专程到贫穷山乡执教；"身患绝症"其实是其悄然为艾滋病患者献血……

把命交给你

李雪顺理成章地担任了县委书记。

这天，李雪又去探望父亲。攀谈间李雪问道："爸，您那副大字还要吗？"李永志口气硬了："再见到它，我非亲手撕个稀巴烂！差点害爸晚节不保啊！"

李雪呵呵一笑："爸，那副字可不能撕！当初，就是我叫人把它拿走的，现在就挂在我的客厅里呢。"

李永志万分诧异："你，怎么能……"

李雪打断父亲："爸，事实证明，那副字不是一起受贿，而是一场友谊。'春华秋实'也的确是给您的写照。但您知道吗？那幅字不只这一种含义，它还折射出极少数别有用心的人，想预先'投之以桃'，随后让人'报之以李'的圈套！"

"我把它挂在客厅里，就是想时刻提醒自己，只有顶得住诱惑，经得起检验，才不会做错事，才能真正春华秋实！"

李永志闻听拍案而起，哪里还像是个病人？

躬　爷

幸福的人大都经历相似，不幸的人各有各的不同。

躬爷姓公，名不详。有此绰称的那年，满打满算，不过三十有三。

躬爷生得身材矮小，腰粗腿短，尤其面相苍老，背部畸弯，从小到大，受尽揶揄和白眼。加之双亲早逝，世情炎凉，躬爷一直孑然独身，求生艰难。

躬爷是何时来医院的，没人知道。

可大凡来过医院的，没有不知道躬爷的。无论是谁，只要用的着，只要不嫌弃，甚至开玩笑胡闹，只在急诊大厅一跺脚，立马就会听到一阵急促的脚步声，眼见一团囊囊的黑影像匹鸵鸟似的直奔眼前。

此人就是躬爷。

躬爷专在医院背人。

背啥人？啥人都背。

包扎的，注射的，拍片的，化验的，透视的，输血的，手术的，B 超的，CT 的，转院的，换房的，移床的。当然，最主要的还是急救的，伤残的，孤寡的，传染的，死亡的。

有轮椅和担架，躬爷算干吗的？

躬爷啥编制没有，就是一个等吃喝卖苦力的。可偏偏那些过来人心知肚明：啥先进玩意，比起躬爷来，都不好使！

躬爷最初来医院是给自己查病的，查完病往回走时，却听急诊室的护士朝他招手大喊："喂，帮个忙！输血，缺担架！"

躬爷二话没说，上去背起患者就走。临了，还不放心，在输液室外来回徘徊。也巧，那天特忙，护士们见他老实，一连支使躬爷背了四五趟人。最后，躬爷的降烧针就是护士给免费打的。

从此，躬爷开始留恋医院。

不为治病，而是可怜那些生病的人。

把命交给你

　　自然，护士站和躬爷熟起来。一次，护士小严站在走廊上高喊躬爷："老公！快点过来……"话未讲完，引起一阵爆笑。护士们这才意识到问题。从此，躬爷所以成为躬爷。

　　躬爷的第一笔钱来得很容易。

　　那时躬爷只想在医院尽义务，突然被一个胖子叫住。"我儿子贪玩叫玻璃扎了脚，你把他背上四楼去，我给你二十块！"

　　躬爷听了笑笑，身子一矮，背起孩子噌噌就上了楼去。胖子果真掏出钱来，躬爷不接。胖子把钱摔在躬爷脸上："死驼子！别装了，现在干什么的不要钱？"

　　第二笔，却相反。

　　是个醉鬼。躬爷正往二楼背着，忽觉背上一阵潮热，臊气冲天，前襟随即被呕进一滩粘稠的秽物，两只铁钳大手突然扼住了脖子，紧接着右肩被狠狠咬住！

　　这次背人，险些丧命。即便如此，躬爷也只拿到了区区的两块钱。

　　也背老人。每当此时，躬爷先是两脚扎稳，马步半蹲，脊背在原基础上尽量前伸、下塌，脖颈向上挺直，两手环绕绷紧，走起来不偏不倚，不摇不晃，不颠不簸，不快不慢，轻抬轻放，煞是用心。

　　背老周头和老苏头的时候就是这么背的，可躬爷都是人没放下，心已冰凉：转眼之间，那些送老人进院的红男绿女，早不知去向！

　　也背过女人。那是躬爷来医院的第三个年头上。二号病房楼清晨里的一声尖叫刺破长空，一个四十多岁留着披肩长发仍没有结婚的女精神病人，像颗流星一样结束了自己的生命。

躬爷背起她的时候，胸口一直热辣辣的，像是鼓足了平生气力去做一件巨大的亏心事，脚步都有些发飘。尤其女人那头纷乱的长发，充满了浓烈的洗洁精味道，抚在脸上，让躬爷好几次打着喷嚏险些栽倒。

女人三伏天里穿的是件红通通的厚棉袄。但躬爷却感觉背上轻盈，柔软，潮湿，乃至酥麻。从病房楼到停尸间，短短几百米路，躬爷却感到有些虚脱。

还背过警察。

那个年轻人被送来时，躬爷听人说，如果让背上这个人醒来发现自己正坐在轮椅或担架上，那后果将不堪设想。

警察是在排爆时出的意外，被截掉了右腿。躬爷没想到只走了二十级台阶他就醒了。然后，是剧烈挣扎，从背上摔下来，撕心痛嚎。

所有人都手足无措，只有躬爷吼了一嗓子："是汉子，哭够了，就算了！"

那警察，蓦然愣住。

躬爷在医院待了六年，头发花白了大半，人瘦得皮包骨头，腰背整个塌陷下去，不过脖子还是竖直的，远远望去，像极了一把蹾在暗陬里的竹椅。

后来，医院升级，带电梯的住院大楼拔地而起，120急救车配备齐全，大批器械和人才也陆续到位，医院里有了更严格的管理规定。

没有人撵躬爷，可躬爷的谋生愈发举步维艰。

把命交给你

那是个飘雪的清晨，躬爷高烧不止，想去医院看病。半路上，却背起一个受伤跛脚的年轻人。

这年轻人是个逃犯。警察沿脚印追来的时候，发现他被搁在了八楼的楼梯上，上不去下不来，而躬爷匍匐在地，身下哕出一滩黑血，人早已经去了。

警察疑问，躬爷显然不知逃犯的身份，可他为什么不走电梯呢？

最后的遗产

遗产五花八门，纷争也各式各样，但当遗产变成一件残肢时，接下来又会有怎样的故事……

病情刚开始好转，那边竟来了消息。

她费力睁开双眼，看到的不再是浑噩的幻影。而是居委会主任和派出所的民警。

"老寿星！您还认得我吧？"居委会主任也是个奶奶份儿上的人了，可比起她来，仍显年轻。

"认得，小李……"回声极弱，但神志还算清晰。

民警也笑着说："老奶奶，我们来看看您，祝您早日康复！"

她听了面色沉重，沉默不语。民警环视一周，这才发现，今日在她身边竟无一个亲人看护！

　　居委会主任和民警迅速用目光做着交流，最后还是前者率先开口说："老寿星，今天来看您还有一件小事情，和您通个气儿！"

　　"您就当成个故事听着解解闷儿。"民警也附和说："但您老可千万别激动！"

　　她抿抿满是皱褶的嘴，一脸疑惑。

　　居委会主任语调更加柔和："多少年来，您老一手拉扯那么大个家庭，不容易啊奶奶！最近我们听说，那边有消息过来，好象有人要回来探亲。"

　　民警补充说："县里对台办也来了电话，我们特地找老户籍查对了，您家里另外一位老寿星也仍健在！听说最近就要回来。"

　　她面无表情地盯着天花板，嘴巴却缓缓地张开。像个阴森森的洞。

　　一周后，她执意出院。回到家，依旧如往常一样，久久坐在老屋天井里发着愣，从清晨直到黄昏。

　　多年以来，岁月如一泓深潭，掩埋了青春；老屋像一口深井，吞吐着回忆……

　　相比她的寂静，家里面异常热闹。从年近花甲的儿子，到刚刚懂事的重重孙子，谈的议的，都是那边要来的那个人！

　　那个人，自七十年前离开，就再也没有回来。中间隐约有过零星消息，也很快如过眼烟云消失散尽。算来，他如果活着，已经九十有六！这样的岁数，竟然能活着回来？

　　果真就回来了！由一大群人陪着，老态龙钟，步履唯艰，像一只倒虾。臂膀下还少了一支左手。

她和他的世纪重逢，在一瞬间里被定格成为无数媒体报刊的头条。可他们面对彼此的表现却迥然而异，她对记者喃喃道：他还是那副老样子，即使老成了木头、石头，也能一眼就认出来！而他却老泪嗳嗳，再也认不出她来了，当年走时，她身怀六甲，才16岁……

家人对他的兴趣，明显更多在他谜一样的身世和家资上。对此，猜测五花八门。可惜，他迟迟尚未显露出任何一丝印迹。

送他回来的人当天原路返回，他固执地谢绝了此后一切来访，在老屋里安住下来。于是她和他，悄无声息地坐在老天井里晒太阳，成为家中一景。

北方初秋的太阳，比起南方，更温和、厚实，照在身上像盖了一层蓬松酥软的棉被，很容易使人在里面安逸地浅睡……

一个月后，他就是沐浴着这种家乡特有的阳光永远阖上了双眼。她所有亲属都赶来热心操办后事。然后，他们纷纷带着质询的口气问她，他究竟从那边给她和这个家带来了什么？

她一次次惶恐地摇头。生怕他们不信，最后只得去衣柜里颤巍巍地取出一只长方形的大玻璃瓶来。人们好奇地簇拥上前，却被吓得失声尖叫！原来瓶子里装的，是一只用福尔马林药液浸泡的手！是他那只不知何时断掉的左手。

众人轰一声散去。临走有人为她鸣不平，骂老头是个变态狂、铁公鸡！她不见得听清了，却将瓶子紧紧搁在怀里，生怕有人夺走似的。最后，用红绸布里外包裹了，重又放回到衣柜里。

从此，众人就时常见她怀抱那个瓶子，坐在温煦的秋阳里打发时光。令人不可思忆的是，原本憔悴如枯叶的她，精神却眼见好转。

那天，突然有人手摇报纸激动地跑进老屋。扬言有重大发现！原来，按照那边规矩，老头每月都有一笔可观的退休金，但要每季度将本人的手纹邮寄当局，以证明人仍健在。报纸上的案例就是有人为掩耳目，将死者手臂截下来用福尔马林药液保存，以期长年领取退休金！

原来，他真得什么都没有。那瓶子里装着的断手，竟是他费尽心思留给她的最后的遗产。

她不识字，耳朵也很背了。但出乎所有人意料，当他们把报纸折叠起来，大声讨论领取退休金时，她忽然抱起手中的瓶子，狠狠向自己头顶砸去！